Platt - Land

ISBN 978-3-529-04524-0
www.wachholtz.de

Dieter Staacken

Platt - Land

Bilder von Wind und Zeit

Wachholtz

Dat Reit
dat steiht
de Wind
de weiht
de Tiet
de geiht
man dat Reit
dat steiht.

Dat Reit
ward meiht
de Groov
ward kleit
de Wind
de dreiht
veel Tiet
vergeiht
wo't freert
un sneit
un dauen deit.

Man dat Reit
dat steiht
gedeiht
un weiht
un dreiht
un steiht
un steiht
un steiht
...

STATT EINES VORWORTS:

Meine Lebenswege und -trampelpfade Richtung Kunst aus der Froschperspektive eines Platt-Land-Kindes begannen mit Märchen hören, Backermatsch sapschen, in Pfützen treten, Oberflächen betatschen, Bauklötze stapeln und umstoßen, Bollerwagen, Roller, Schlitten und „Holländer" fahren, Kasperle zugucken und spielen, Schiefertafeln mit Griffeln bekritzeln. Es folgten etwa 100 Bewegungsspiele wie Klootspringen über Gräben, Treibball auf der Hauptstraße, Fußball mit Dosen, Steinen und Stoffknäueln, Schlittschuh laufen, Laubsägearbeiten, brummkreiseln, Wasserdämme nach Regengüssen bauen, Drachen steigen lassen - mit „Post", Trudelband treiben, um die Wette laufen und auf Bäume klettern, unter große Steine gucken, Geldstücke auf Gleise legen, Mutproben, vieles ausprobieren, zerstören und erneuern, Handwerkern zugucken und zuhören, viele Fragen stellen, auch Leute ärgern, Streiche ausdenken und ausführen, auf Stelzen, Fahrrad, Staketstangen, liegenden Telegrafenmasten und schwimmenden Eisschollen balancieren, Geländespiele in Cliquen, mit Flitzbogen, Katapult und Luftgewehr schießen, Flöten, Wanderstäbe und Schiffchen schnitzen, sich verkleiden, eigene Spielzeuge selbst herstellen, neue Spiele erfinden und nicht zuletzt: Zuhause viel mitarbeiten - ohne Taschengeldbelohnung, ausgleichsweise auch ab und zu tagträumen...
Wahlweise hoch- oder plattdeutsch sprechen, oder ein Gemenge von beidem.
In fast allen Häusern des Ortes wie selbstverständlich ein- und ausgehen: Haustür öffnen - laut „ich" rufen, durch den Flur laufen - falls kein Spielfreund antwortet, schnurstracks weiter in den Garten - falls kein reifes Obst, in den Nachbargarten ... In der Schulzeit allerlei lernen, ver- und ertragen müssen, Lieblingsfächer wie Zeichnen, Deutsch und Sport ausgenommen.
Nach all der elementaren Vokabelpaukerei und all der Klassik zu guter Letzt der Romantik begegnen. Novalis:„Ahnung ist mehr als Wissen." Das weckte und blieb - bis heute! Ansteigende Wege zur „Sprache der Kunst ... Kunst ist Form."
Idole: Rembrandt, Louis Armstrong, Albert Schweitzer. 1956 dann mein "Big Bang": Picasso-Ausstellung inklusive „Guernica" !
Kein Halten mehr - trotz aller möglichen Widerstände - steile Klettertouren der Nerven: Studienzeit. Heirat und Familiengründung mit Regine. Beruf in Hamburg. Gleichzeitig Ausstellungen, Riemels, Gedichte, Filme, Dia-Shows, Bücher, Vorträge, Kunst und Historienspiel im öffentlichen Raum, Kunst- und Kulturverein . . .
Nach den 50 Berufsjahren Rückkehr in die heimatliche Landschaft - nicht mehr mit Kinderaugen. Manches wird noch scheinbar wie früher vorgefunden, lässt nun aber ganz andere Deutungen, Be- und Umdeutungen zu ... Froschperspektiven wechseln mit Vogelperspektiven. Veränderte Blickwinkel legen verborgene Wirklichkeiten von früher frei, wo manches noch so selbstverständlich erschien. Vieles erscheint - auf ganz andere Art - noch immer wundersam, fragwürdig, märchennah, froschköniglich, wie „in den alten Zeiten, wo das Wünschen noch geholfen hat ...".

LANDSTRICH MIT LEBENSLINIEN AUS FROSCHPERSPEKTIVE

Es war einmal *kein* Königreich, sondern unsere kleine Stadt - meine Kinderstube. Ja, es brauchte wirklich einen ganzen Ort für die Erziehung eines Kindes. „Wo spielen deine Märchen?" Das habe ich oft Menschen gefragt. Zu meiner Verwunderung erhielt ich meistens eine der beiden Antworten: „Irgendwo" oder „in meiner Phantasie". Merkwürdig, meine Märchen spielen alle in dieser kleinen Stadt, jeweils an ganz bestimmten Stellen.
Das allererste Erinnerungsbild meines beginnenden Lebens? Ein Frosch.
Er hockte auf einem Seerosenblatt am Boden des Napfes meines Babybreis. Wenn der Brei mir von unserem Kindermädchen eingelöffelt

Rummelpott
Erdal
Dachsfett
... eerst de Arbeit -
denn dat Speel ...
... Wienern, wat dat Tüch hölt ....

aus meiner ersten Fibel

Soldaten

Trara – Trara! Hörst du? Bum, bum! Bum, bum!

Ei, Mutter, die Soldaten! Unsere Soldaten sind wieder da! Mutter, wo ist meine Uniform? Wo ist mein Helm? – – –

O, da ist Walter Petersen, der hat auch seine Uniform an. Mutter, ich laufe nach unten. – – –

Walter, Walter! Du, nun holen wir Helmut und Ulrich und spielen Soldat.

u U

Auch die Kleinen treten schon an [üb]

Heute ist Sonnabend; heute nachmittag tritt das Jungvolk an; und wir Kleinen sehen zu.

Mein Bruder ist schon im Jungvolk. Jeden Tag übt er sich im Kommandieren. Er will gern Führer werden.

Neulich stellte er uns in einer Reihe auf und rief: „Alles hört auf mein Kommando!"

Wir mußten linksum und rechtsum machen, wir mußten marschieren und Fliegerdeckung nehmen. Wir lernten anschleichen und mußten dabei mäuschenstill sein. Als wir nach Hause marschierten, sang er ein Marschlied mit uns.

Wir möchten gern schon richtige Pimpfe sein, aber wir sind noch zu klein dazu; wir müssen warten, bis wir zehn sind.

aus dem Familienalbum
– ohne Worte –

worden war, kam stets dieser Frosch zum Vorschein. „Einen Löffel für Oma, einen für Mutti, einen für Grete - und zum Rest hin noch zwei für den Frosch". Bis der Tellergrund durchschien. Dann folgten drei sehr angenehme Dinge: Ein „feingemacht!"-Lob, die Lösung des Klammergriffs und eine Streicheleinheit im Nackenbereich. Diese sich öfters wiederholende Ursache-Folge-Situation hat dann wohl als positive Verstärkung eine anhaltende Wirkung auf mein Langzeitgedächtnis gehabt. Später gewahrte ich einen Frosch auf einem Hochformatbild, unten im Reet hockend, über meinem Kinderbett. Darüber auf einem langen Halm saß eine kokette Wassernixe. Sie piesackte den Frosch aus sicherer Distanz mit einer Reetrispe.

Jahre später tauchte der Frosch wieder auf. In Omas Märchenlesung. Diesmal als Froschkönig, als verspotteter „alter Wasserpatscher" und „Fretsche". Dieser Frosch verwandelte sich in einen „Königssohn mit schönen freundlichen Augen". Spätestens von da an war für mich ein Frosch immer viel mehr als nur ein Frosch. An warmen Sommerabenden wetteiferten die kleinen Quaker miteinander im gemeinsamen Backenbläserchor. Und seitdem ich mit eigenen Augen erlebt hatte, dass sich unansehnlicher Schleim im Weckglas zu zappelflinken Larven und diese sich wiederum zu vierbeinigen Vieleskönnern verwandeln konnten, traute ich ihnen auch die richtige Wettervorhersage zu. Einmal kam mir ein solches Wunderwesen sogar in der hohen Dachrinne der benachbarten Schmiede entgegen geschwommen. (Auf dem Schornstein nisteten damals noch Störche.)

Wieder später fanden sich mit zunehmendem Autoverkehr immer mehr Frösche auf den Landstraßen - platt gefahren. In einem Nachkriegsfilm über den „Urwalddoktor aus Lambarene" erfuhr ich von einer mir bis dahin unbekannten Haltung jeglichem Kriechgetier gegenüber. Albert Schweitzer ließ „aus Ehrfurcht vor der Schöpfung" Holzstege rings um sein Urwaldhospital anlegen, damit nicht aus Unachtsamkeit ein Tier zertreten würde. Das hat mir nach all den erschütternden Nachkriegsberichten so imponiert, dass mir dieser Mann zum Idol wurde. Ich selbst war mit der „natürlichen" Unterscheidung von grundsätzlich drei Tierklassen aufgewachsen: Nutztiere, Schädlinge und Sonstige. Nutztiere wurden „gehalten", Schädlinge bekamen es mit Fallen, Klatschen, Jagdtieren und Schrotflinten zu tun. Und für die Sonstigen, wie Singvögel und Frösche, galt „leben und leben lassen".

Auf meinem Humanistischen Gymnasium erfuhr ich anlässlich eines „Froschversuchs" mehr über Froschlurche als mir lieb war. Im Biologieunterricht zum Thema Muskelreiz wurde einem mitgebrachten lebenden Frosch vor unseren Schüleraugen ein Hinterbein abgetrennt, welches nach elektrischem Stromstoß zu zucken begann. Der Versuch gelang zwar naturwissenschaftlich, aber moralisch und ästhetisch war er verfehlt. Der minimale Lernzuwachs stand in keinem Verhältnis zur emotionalen Empörung. Mein Lieblingswunderwesen war brutal zu einem „Experiment" entwürdigt worden - ohne Not, nur anschauungshalber zur kurzkurzfristigen Motivation. Reichte es nicht zum Wundern, dass dieser Weltmeister im Weithopsen aus dem Sitz z.B. nur 4 Handfinger aber 5 Fußfinger hat? Dass er ebenso tauchen und schwimmen wie springen und sogar klettern kann? Jahrzehnte später baute man ihm Brücken zum Schutz seiner Wanderwege. In Filmen wurde er zu Vermenschlichungen verzweckt, hier und da auch verulkt. Zum Thema Frosch habe ich mir manches von der Seele gemalt und geriemelt: „De Puch". Mein Herz „pucht" weiter für dieses zauberhaft-gediegene Wesen.

SPURENSUCHE AUF WEGEN ZUR KUNST

Aus alledem mag deutlich geworden sein: Meine Spurensuche nach den Anfängen meiner Wege zur Kunst begann mit naivem „Sich Wundern". Vielleicht haben auch die frühkindlichen unterschiedlichen Begegnungen mit diesem Tier dazu beigetragen, Türen zu den kleinen und großen Wundern dieser Welt aufzuschließen. Möglich auch, dass das rätselhafte Wesen des Frosches einer der Schlüssel für mein erwachendes Kunstinteresse gewesen ist. Die körperliche Metamorphose vom Laich über Kaulquappe zum Vierbeiner, die Verwandlung von einer Gestalt in eine andere entspricht jedenfalls in der Kunst dem „Prinzip Umgestaltung" von einem Zeichen in ein anderes und schließlich vom INHALT und GEHALT in FORM, vom WAS in das WIE. Im Märchen vom Froschkönig hat die biologische Metamorphose ihre poetisch-symbolhafte Entsprechung gefunden. Diese Zusammenhänge hat der kleine Dieter natürlich noch nicht durchschaut, wohlmöglich aber ansatzweise geahnt; denn Kinder sind jeglichem Zauber gegenüber aufgeschlossener als die von ihrem vernunftbestimmten Zweckdenken begrenzten Erwachsenen. Wer sich den Luxus naiver Bezauberungslust bewahren will, kann einer Empfehlung Max Reinhardts folgen: „Nimm deine Kindheit unter den Arm und verschwinde damit, ehe sie dir jemand wegnimmt." So thront mein Märchenfrosch lebenslang als Portikuswächter vor dem Brunnen der Künste und hält die Wacht über die goldene Kugel.

Eine weitere Spur zur Kunst verlief über das Kasperletheater. Fehlende Figuren wie Drachen, Wolf oder Rotkäppchen, entstanden provisorisch aus Stoffresten der beiden hauseigenen Flickenbeutel oder wurden solange als Laubsägearbeit einem älteren Bruder in Auftrag gegeben, bis ich selbst die empfindlichen Sägeblätter einklemmen und senkrecht führen konnte. Ein nächster Schritt bestand darin, sich zu verkleiden, zu schminken und in andere Rollen zu schlüpfen, so wie ich es den Theaterleuten im nachbarlichen „Holsteinischen Hof" abgeguckt hatte. All das wurde vor der Schulzeit – Gott sei Dank – noch nicht von der späteren Dauerfrage überschattet: „Hast du deine Schularbeiten schon gemacht?" Im Gegenteil, unsere musisch-literarisch interessierte Oma hat meine Aktivitäten alleine schon dadurch gefördert, dass sie diese wahr- und ernstgenommen hat. In meiner „Kritzel-Kopffüßlerstufe" war ich unentwegt damit beschäftigt, „mir von der Umwelt ein Bild zu machen." Durch Krickelkrackeln, Herumschmieren, Aufbaxen, Zerreißen, Zerschneiden und Zusammenkleistern, Backermatschen und Herumklecksen, Buntstiftzeichnen und Malen. Neben stereotypem Backe-Backe-Kuchen-Abformen aus feuchtem Sand fand originelleres plastisches Formen mit öligem Fensterkitt, Kleierde und zu Weihnachten auch mit Marzipanmasse und Kuchenteig statt. Ich muss pausenlos herumgewerkelt haben, denn ich bekam schließlich eine eigene Schürze umgebunden, was für kleine Jungs recht ungewöhnlich war.

KLEINER SCHÜRZEN-EXKURS:

Für mich war dieses Kleidungsstück mit dem Mädchenimage eher eine Ehre, denn für mich stand es nicht nur für Schmutzschutz, sondern als Vielzweckobjekt in durchaus hohem Ansehen. Heute würde man das „Kult" nennen. Denn man konnte sich hinter Omas und Muttis Schürzen so gut verstecken, wenn man sich schämte oder wenn man letzte Zuflucht vor stärkeren Brüdern suchte. Ferner leistete die Schürze als Transportmittel und Sammeltasche, als Auffangbeutel für Laubsägemehl, als Unterlage, als Hand- und Taschentuch, als Wischlappen und Feudel, als Fächer und Wassersieb viele Kinderdienste. Und nicht zu vergessen: Man konnte sich sogar hinter der eigenen übergestülpten Schürze für andere unsichtbar machen wie weiland Siegfried unter der Tarnkappe - wenn man daran glaubte.

ZEICHNEN – SAMMELN – MIKROSKOPIEREN

Natürlich haben auch die einschlägigen, allerdings sterileren Spielzeugklassiker wie Bauklötze, Stabilbaukasten, Puzzle, Mikado usw. zu frühen Gestaltungserfahrungen beigetragen,

Nur eine kleine Auswahl unserer vielen Kinderspiele

„Originale“-Zeichnungen von 1959

weniger Fertigteile wie Schaukelpferd, Ritterburg und Zinnsoldaten. Durch eigenständiges Phantasieren, weniger durch „richtiges" Ausfüllen stereotyper, vorgezeichneter Malbücher mit „richtigen" Farbvorschriften, fiel mir das Zeichnen zunehmend leichter. Besonderes Lob fand (aus heutiger Sicht sage ich leider) immer das, was als „ganz richtig und sauber abgezeichnet" bestaunt und anderen vorgezeigt werden konnte. Daher habe ich lange Zeit bis zur Virtuosität nur „naturgetreu" gezeichnet. Und auf wenig Verständnis stieß, wenn sich der präzise Umriss-Strich zu einer frei schwingenden Linie emanzipierte. So habe ich in der Schulzeit häufig Mitschüler und Lehrer porträtiert, statt dem Unterricht zu folgen. Im altsprachlichen Unterricht wurde einmal Apelles, der angeblich größte Maler der Antike mit den Worten „nulla dies sine linea" (kein Tag ohne Linie) zitiert.

Dieser Satz bestätigte mich in meiner bildnerischen Emsigkeit. Gern und oft gezeichnete Motive waren der Totenschädel in der heimischen Arztpraxis, unsere Tauben, Hühner und Kaninchen, sowie die Pferde vor der Schmiede. Das Fernsehen war noch nicht präsent. Daher konnten sich auch noch keine Comicfiguren und sonstige Klischees in meinem Kopf einnisten und mir den Blick für die originäre Realität verstellen.

In der Abseite, dem Spielzeugpool unterm Dach, wo es immer etwas miefelte, wo es im Sommer zu warm und im Winter eisig kalt war, stapelten sich meine Zigarrenkisten mit Sammlungen: Malsachen, Klicker-Murmeln aus Glas und Ton, Briefmarken, Abzieh- und Einklebebilder für Poesiealben und Märchenbücher, Setzer und Dominosteine, Spielkartenquartette, Kalenderblätter und Zeitungsausschnitte, Muscheln, Steine, Knochen, Federn, Münzen, Eisenbahnzubehör, Sperrholzplatten, Drachenbau-Leisten, Pack-, Farb- und Seidenpapier, komplettes Kasperletheater, Masken und Bücher . . . Von gesammelten Postkarten stellte ich mir mehrmals ein „imaginäres Mini-Museum" zusammen. Die Alten Meister in einen „Saal", die Modernen in den anderen. Das Wort „wegwerfen" war so gut wie unbekannt, das Wort „suchen" jedoch an der Tagesordnung, denn Ordnungssysteme heutiger Art waren unbekannt.

Einblicke in eine ganz andere Welt voller Rätsel gewährte mir ein Mikroskop in der ärztlichen Praxis. Zur Vielfalt der Arbeitsbereiche unserer Mutter gehörte auch das diagnostische Untersuchen von „Blutbildern", Gewebeschnitten, Bakterien- und Pilzkulturen zwischen Objektträgern und auf Petrischalen. Durch gezielte Lenkung des Lichteinfalls und durch Färbung waren die Formkontraste zu beeinflussen, durch veränderte Scharfstellung auch Teile optisch voneinander zu trennen. Das Blickfeld musste dann penibel abgezeichnet werden, worin ich mich gerne versucht habe. Die Ergebnisse waren dann abzugleichen mit Diagnose-Vorlagen. An diese Seherfahrungen mit abstrakt erscheinenden Einzelformen und Strukturen habe ich mich später in der Nachkriegszeit erinnert gefühlt, als durch die „documenta" die Abstrakte und Konkrete Kunst stilprägend wurde. So konnte ich für mich problemlos und verständnisvoll enge Bezüge zwischen der Formenwelt des Mikrokosmos und den Kreationen nichtgegenständlicher Kunst herstellen. Gegenstandsbezogenes und Ungegenständliches begegneten sich auf der gleichen Vorstellungsebene, wenn man nur die Form als solche beachtete, ohne ihren inhaltlichen Bezug. Allerdings blieb mindestens ein wesentlicher Unterschied: Der wissenschaftlich interessierte Medizinerblick will die Mikrowelt eindeutig enträtseln, der Künstler hingegen verrätselt seine neu geschaffenen Bildwelten durch Mehrdeutigkeit seiner Zeichen, Farben, Bildräume und -lichter.

UMWELT - TYPEN

Rätselhaft und auf wunderliche Weise anregend erschienen mir als Kind auch manche Erwachsene in unserer kleinen Stadt. Sie trugen allesamt individuelle „Ökelnamen", unfreiwillig erworben durch ihre spezifische Erscheinung und/oder gediegene Verhaltensweisen. Sie hat-

ten manchmal an diesen Spitznamen zu tragen, auch wenn sie nicht verletzend gemeint waren. Auf unserem Nachbargrundstück stand z.B. ein altes Haus in backsteingotischem Stil. Ein einsamer alter Mann bewohnte es, ließ sich aber nur höchst selten blicken. Seine Fistelstimme hatte ihm den Beinamen „Schrien Willem" eingetragen. Wie Gardinen verhängten Spinnengewebe seine Fenster. Er soll statt im Bett immer in seinem hohen Lehnstuhl geschlafen haben. In der einen Hand seine halblange Porzellanpfeife, in der anderen einen Krückstock mit Silbergriff, so meinte man ihn zuweilen hinter seiner Klöönsnackdöör zu gewärtigen. Aber war er es auch wirklich ?
Sein paradiesisch üppiger Garten voller alter Obstsorten (Calville, Schöner von Haseldorf, Beere Grie), nur durch einen maroden Lattenzaun von unserem Anwesen getrennt, wurde von ihm mit Zerberus-Augen unter Kontrolle gehalten. Dass das Obst nie von ihm geerntet wurde, reizte uns Jungs natürlich zusätzlich zu Beutezügen. Zu unseren Mutproben gehörte, sich am Boden so weit an das Haus heran zu schleichen, bis man den Tabakqualm aus der „Halblangen" zu riechen meinte.
Auf andere Art beflügelte meine Phantasie der Schneider, nur ein Nachbarhaus weiter. Er arbeitete im ersten Stock und hockte mitten auf einem weiträumigen Tisch mit gekreuzten Beinen im Schneidersitz. Immer ein flaches Kreidestück hinterm Ohr, eine gebogene Schere am langen Halsband und dazu ein gelbes Maßband. Seine zierliche, etwas bucklige Gestalt erinnerte mich gleichermaßen an das tapfere Schneiderlein und an Rumpelstilzchen. Spaßeshalber drohte er immer mit dem hölzernen Ellenmaß, wenn man ohne anzuklopfen eintrat. An lauen Sommerabenden erschien er mit seiner Bratsche oder der glitzernden Quetschkommode auf der hohen Gartenbank und spielte mit baumelnden Beinen virtuos drauflos. Gemeinsam sangen wir dazu Lieder von Lale Andersen, Hans Albers und Zarah Leander.
Quasi als Beleg für die sprichwörtliche Schneider-Pfiffigkeit erzählte man sich über ihn u.a. folgenden Döntje: Als er einmal einen Tag lang auf einem Bauernhof zu nähen hatte und gleichzeitig Zimmerleute dort arbeiteten, beschwerte er sich abends beim Bauern, dass er für die gleiche Arbeitszeit weniger Lohn bekommen sollte. Der Bauer begründete das mit der körperlich schwereren Arbeit, den viel größeren Werkzeugen und verwies etwas spöttisch auf die winzige Nadel. Darauf meinte der Schneider, Zimmerleute würden immer stöhnen, auch bei leichter Arbeit, was er beweisen könne. Er wolle den Zimmermann fragen, ob seine Axt so scharf sei, dass sie seinen Faden durchtrennen kann. Als der Zimmermann mit lautem Gestöhne zuschlug, zeigte sich der Bauer überzeugt und zahlte dem Schneider die ihm fehlenden Groschen nach.
Schräg gegenüber wohnte Onkel Alwin. Von Hause aus Pumpenspezialist, aber technisch so universell versiert, dass man ihm getrost sämtliche Probleme anvertrauen und deren Lösung binnen kurzem erwarten durfte. Einmal jährlich reiste er zu seinen Verwandten nach Argentinien. Jedes Mal brachte er mir exotische Teile mit, wie Schlangenhäute, Panterfell, Trinkgefäß für Mate-Tee mit silbernem Saugröhrchen, das die Indios benutzen. Onkel Alwin ging der Ruf voraus, man könne ihn mit Blechdosen und Draht in einen Urwald schicken und er käme mit einem Fahrzeug wieder heraus. Er schwor auf seinen kleinen Borgward-Lloyd, Plastikbomber genannt, den er kraft täglicher Pflege und Reparatur stets in Schuss und fahrbereit hielt. Problemlösendes Verhalten war sein Markenzeichen. Onkel Alwin war in meinem Leben der erste Kreative.
Dem ersten Künstler begegnete ich in den Mittagspausen in der nachbarlichen Schmiede. Iwan arbeitete dort tagsüber als sog. „sowjetischer Kriegsgefangener". In den Mittagspausen zauberte er aus Kupferrohren verschiedene Ringe, aus Hufnägeln Frauenschmuck und aus Kistenholz ließ er russisches Kinderspielzeug entstehen.
Ich habe als Erinnerungsstück noch ein „Hüh-

nerklickklack" mit drei Hühnern und einem Hahn, die mittels rotierender Kugel geräuschvoll auf dem Holzteller picken. Wenn ich Iwan (war das sein wirklicher Name?) auf sein Heimatland ansprach, umspielte Wehmut seine Augen und Stolz seinen Mund, und seine Erzählungen in gebrochenem Deutsch endeten oft mit dem Ausruf:
„Ruußland soo chroß !"

KLEINER SPIEL-EXKURS

Ein breiter Weg zu künstlerischem Tun und zum Kunstverständnis führte mich über die diversen Spielräume der Kindheit (nicht zu verwechseln mit den heutzutage öffentlich angebotenen und ausgerüsteten Spielplätzen). Besonders ein Künstler ist ein „homo ludens" und nimmt die Welt spielend ernst. Kinder sind nirgendwo ernster, als wenn sie wie unter einer Käseglocke in ihrem Spiel befangen sind, auch wenn ihre Fröhlichkeit nicht gerade dafür zu sprechen scheint. Wir Kinder haben früher an die hundert verschiedene Bewegungsspiele gespielt. Wo sind die alle geblieben ?
Ein wirklicher (!) Spielprozess zeichnet sich durch Verhaltensweisen, Empfindungen und Phänomene aus, die künstlerischem Tun ziemlich genau entsprechen, z.B. durch Freiheit, innere Unendlichkeit, Scheinhaftigkeit und Gegenwärtigkeit. Solche Teilphänomene sind gleichzeitig beteiligt, wenn von „Spiel" die Rede sein soll.

DAT PLATT

Die plattdeutsche Sprache flog uns Kindern früher wie selbstverständlich zu, ohne sie bewusst „gelernt" zu haben. Sie war Teil einer „Erziehung durch den ganzen Ort". Man wuchs eben zweisprachig auf, obwohl sogar hier und da vor „zu viel Platt" gewarnt wurde. Wegen evtl. Sprachprobleme in der Schule. Heute weiß man um die Vorteile frühzeitiger Zweisprachigkeit. Das Niederdeutsche war die Sprache der Spiele, der Schulpausen und des Straßenalltags. Als allerdings gegen Ende des Krieges der Flüchtlingsstrom ankam, verschob sich der allgemeine Sprachgebrauch in der Öffentlichkeit erheblich zugunsten hochdeutscher Sprachanteile. Der ehemalige Landtagspräsident Ahrends hat dies einmal sehr drastisch ausgedrückt: „Nach dem Krieg wurde der plattdeutschen Sprache das Genick gebrochen." Dabei ging (und geht) es nicht nur um einen Verdrängungsprozess im Vokabelbereich (Bloomstruuß statt Rükelbusch, Radio statt Röttelkist) , sondern auch um den Verlust der regional typischen Sprechlaute, der Klangwerte. Gerade die Phonetik macht den Unterschied zum Hochdeutschen besonders deutlich. Denn Plattdeutsch ist vor allem eine gesprochene Sprachform. und es lebt von seiner ganz eigenen „Denke", die gerne umschreibt, was das Hochdeutsche mit einem einzigen Wort „ausdrückt". Für Platt typisch ist auch eine gewisse Qualität der Langsamkeit, der umspielenden Annäherung, der Dämpfung von Schärfen und nicht zuletzt ein ihr innewohnender Humor. All das ist nun in Gefahr, in absehbarer Zeit als alltägliche Sprache zu verschwinden. Davon sind zumindest einige Sprachforscher fest überzeugt. Wegen der Relevanz des Sprachklangs wären plattdeutsche Hörbücher sinnvoller als Printbücher, weil neben dem Wortschatz auch originäre „Klangschätze" übermittelt und überliefert werden könnten. Dies ist umso wichtiger, als Übereinstimmung darin besteht, dass die wichtigste Zielgruppe eines Wiederbelebungsversuchs der Sprache Kinder und Jugendliche sind. Aber just diese bedienen sich weitgehend einer dem Hochdeutschen ähnlichen Jugendsprache des „Mega-super-geil & Co." und deren Abarten, die jeweils gerade „turbohammermäßig angesagt" sind. Diese „life-style-speech" muss heutzutage als hartnäckigste Konkurrenz des Plattdeutschen wahr- und ernstgenommen werden. Mir war das Platt immer viel mehr als nur eine zweite Sprache, auch vor der Zeit zunehmender Globalisierung mit ihrer babylonischen Sprachwirrnis der Medien, Technologie, Mode, Computer etc.

Das Platt ist Teil eigener Authentizität. In ihm können Gefühle „des ganz zu Hause seins" mitschwingen, eine Voraussetzung für das Empfinden von Wir-Gefühlen bei Menschen gleicher Sprache. Sein Klang weckt Erinnerungen an gelebte Zeiten der Geborgenheit, des vertrauten Umgangs miteinander und selbstgewisser Sicherheit. Aber es geht nicht nur um anheimelnde Empfindungen, sondern diese Sprache selbst i s t Heimat. Und sie bleibt es unverlierbar ein ganzes Leben lang, wenn sie gepflegt wird, mehr noch als die geographische Region, die man gemeinhin Heimat nennt. Man trägt diese Sprachheimat durch die fremde Welt. Erst wenn Kinder auch zukünftig aus freien Stücken im Alltag, auf dem Schulhof plattdeutsch miteinander reden würden, wäre eine Etappe im Überlebenskampf des Platts gewonnen, wäre das Platt nicht für immer platt.
Die Hoffnung stirbt zuletzt, aber Mithilfen an allen Fronten braucht es sofort.

„DIE BLAUE BLUME" DER ROMANTIK

Nach der Begegnung mit den Werken der Aufklärung und Klassik folgte die Romantik. Nichts Vergleichbares hat mich in der Schulzeit so tief berührt und nachhaltig beeinflusst. Novalis: „. . . denn in uns oder nirgends ist die Ewigkeit mit ihren Welten" und „Ahnung ist mehr als Wissen". Gedanken dieser Art wirkten nach, als wären mir mehrere Tore gleichzeitig aufgestoßen worden in einen Raum, von dem aus sich wiederum mehrere Türen öffneten zu weiteren Teilräumen der Kunst. Nicht zufällig haben die Romantiker gerade in MÄRCHEN die reinste Form der Poesie erblickt. Da tauchten sie wieder auf und wurden ernstgenommen, die Märchen meiner Kindheit mit ihren zauberhaften Wirklichkeiten und Mehrdeutigkeiten. Die poetische Grundkraft der Romantik, die die Verzauberung durch Kunst hervorbringt, ist die Phantasie. Sie sucht durch Einbildungen der Farben, Klänge und Bilder jene magische Verwandlung des Gemüts hervorzurufen, in der das Reale zu Traum und der Traum zur Wirklichkeit werden kann. Der Frosch, in der Realität ein Tier, wurde in (meiner) Wirklichkeit ein wundersames Wandelwesen. Eine zentrale Grundfigur der Romantik ist das der Ahnung entsprechende Symbol des Fragments. In der Malerei der deutschen Romantik begegnete es mir beispielhaft in den Ruinenbildern Caspar David Friedrichs, in meiner realen Umgebung als Ruinenarchitektur im Hochdorfer Garten. Dieser geheimnisvolle Halbfertigbau in seinem Zaubergarten hat mich schon fasziniert, lange bevor ich mir die Romantik erlesen habe. Niemand hat mir damals Zweck, Sinn oder Bedeutung dieses scheinbar zertrümmerten Burggemäuers erklären können. Nach Einfühlung in die Gedankenwelt der Romantik brauchte ich niemanden mehr zu fragen. Die Kunst der Romantik ruht nicht wie die Klassik harmonisch in sich selbst, sondern weist über sich selber hinaus auf das Unendliche und zielt auf das Zerbrechen aller festen, einschränkenden Formen und Gesetze.
Novalis: „Indem ich dem Gemeinen einen hohen Sinn, dem Gewöhnlichen ein geheimnisvolles Aussehen, dem Bekannten die Würde des Unbekannten, dem Endlichen einen unendlichen Schein gebe, so romantisiere ich es."
Sätze wie dieser schienen mir fortan für jegliche Kunst erhellend zu sein.

THEODOR STORM UND THEODOR MOMMSEN

Meine beiden Landsleute haben auf mich in unterschiedlicher Weise eingewirkt.
Theodor Storm hat im folgenden 19. Jhdt. Grundzüge der Romantik in lyrischer Form aufgenommen und die ihn umgebende Küstennatur zum durchseelten Träger seiner Novellen und Gedichte werden lassen. Er nahm für mich in meiner Husumer Schulzeit einen subjektiv geprägten Platz in der Literatur seiner spätbürgerlichen Zeit ein. Durch Storm erfuhr auch das Plattdeutsche für mich eine Aufwertung. Unsere Küstenlandschaft und ihre Geschichte lebt bei

Sie sind sich nur als Studenten wirklich begegnet – ihre Seelen jedoch blieben einander fremd. Wie sollten sie sich auch näher kennenlernen, da es doch Storm mit seiner durch und durch lyrischen Natur stromabwärts in die baumlose Weite der Marsch und die versponnene Heidestille der Geest zog. Mommsen dagegen schwamm als kompromißloser Wahrheitssucher und als 'animal politicum' stets in die andere Richtung, gegen den Strom – den Quellen der Historie entgegen. Storm hat lebenslang versucht, wenigstens eine Brieffreundschaft aufrecht zu erhalten. Doch nie ist es zum vertrauten Du gekommen.

So mögen sich die beiden Geister denn ergänzen – aus der Ferne – und Gestirnen gleich jeweils auf ihre eigene Art glänzen.

ihm wie in vergilbten Foliantenseiten und Fragmenten uralter Inschriften auf und prägt seine Charaktere.
Möglicherweise klingen auch noch die gemeinsamen Studentenjahre mit den beiden Mommsenbrüdern nach. Dass diese drei Kommilitonen zusammen Lieder geschrieben und ähnlich wie weiland die Brüder Grimm regionale Sagen gesammelt haben, erfuhr ich erst später. Storm pflegte als Erzähler des sog. Realismus das romantische Erbe mit einem Hauch des Gewesenen und Verwesenden, aber auch immer wieder die Sinne des Lesers öffnend für Gerüche, Stimmen, Stimmungen und Farbklänge der baumarmen, himmelweiten Flachlandschaft. Zu meiner Pennälerzeit gab es noch nicht diesen alles vereinnahmenden, vieles übertreibenden Druck des Tourismus. Wir haben „unseren Tetsche Wind" noch im Abgleich mit der hiesigen Natur auf uns wirken lassen, ohne dass uns durch stetig neu entdeckte Quellen- und Briefwechselforschung sein Rang am Maßstab der Weltliteratur nachgewiesen wurde. Damals fielen einem zu Storm Hebbel und Annette von Droste-Hülshoff ein. Die literarische Qualität des zeitgenössischen Fontane setzte hohe Maßstäbe. Und dessen zwinkerndes Wort von der „Husumerei" Storms hallte als relativierendes Urteil bis zu uns herüber. Mich persönlich haben neben seinen lyrischen Gedichten besonders seine Bezüge zum Übernatürlichen bewegt, wie etwa im „Kleinen Häwelmann", im „Schimmelreiter" oder in der „Regentrude". Entsprechende Anklänge in Shakespeares Dramen oder im Surrealismus kamen mir daher später nicht unvertraut vor.
Es war mir immer selbstverständlich, auch Nichtsichtbares aber dennoch Spürbares und Ahnbares aufzunehmen. Zu den durch die Romantik geöffneten Türen gehört die Neugier auf alles Fremde, auch absurd Erscheinende.
Theodor Mommsen und Theodor Storm fühlten sich zwar durch gemeinsame Studentenjahre im engen Freundeskreis, der sich „Clique" nannte, und in dem auch das gemeinsame „Liederbuch dreier Freunde" entstanden ist, verbunden. Und auch ein lebenslanger Briefwechsel spricht für gegenseitige Anhänglichkeit. Aber sie sind sich doch beide ihrem inneren Wesen nach fremd geblieben. Wie sollten sich auch der Poet und der Universalgelehrte treffen, wenn es den einen, Storm, auf dem Strom des Lebens und des Geistes zum Meer, den anderen, Mommsen, gegen den Strom zu den Quellen getrieben hat? Was hätte wohl Storm empfunden, wenn er miterlebt hätte, dass ausgerechnet sein Freund und „Nicht-Dichter" als erster Deutscher den Nobelpreis für Literatur erhalten hat? Ich bin unter der etwas finster dreinblickenden Bronzebüste „des größten Sohnes unserer Stadt" aufgewachsen. Aber man erfuhr als Kind selbst auf Nachfrage in den 30er und 40er Jahren nicht mehr über diesen denkmalwürdigen Kopf, als dass er Vater von 16 Kindern und Autor von mehr als 1000 altertümlichen Schriften gewesen war. Kein Wunder, denn seine linksliberale Gesinnung war dem damaligen Zeitgeist alles andere als zuträglich. Daher lernte ich die außerordentlichen Lebensleistungen und Ehrungen Mommsens erst außerhalb der Schule kennen, als ich mich studienhalber mit seinem Werk beschäftigt habe. Dabei fielen mir besonders in seiner Vita seine Charaktereigenschaften auf, die mir unbedingt erinnerungswürdig erschienen. Insbesondere seine vorbildliche „Zivilcourage als erste Bürgerpflicht", die sich in seinem wissenschaftlichen Werk als „rücksichtslos ehrliche Wahrheitsforschung" widerspiegelte und als „historisch-kritische Methode" in Forschung und Lehre hohe Maßstäbe setzte. Durch glückliche Fügung durfte ich im Jubiläumsjahre 2002 durch die Gestaltung eines 18-teiligen Denkmals für meinen immer noch relativ wenig bekannten Landsmann Theodor Mommsen dazu beitragen, dass insbesondere das zivilcouragierte Vermächtnis und Vorbild dieses großen Demokraten im Gedächtnis der Menschen verhaftet bleibt.

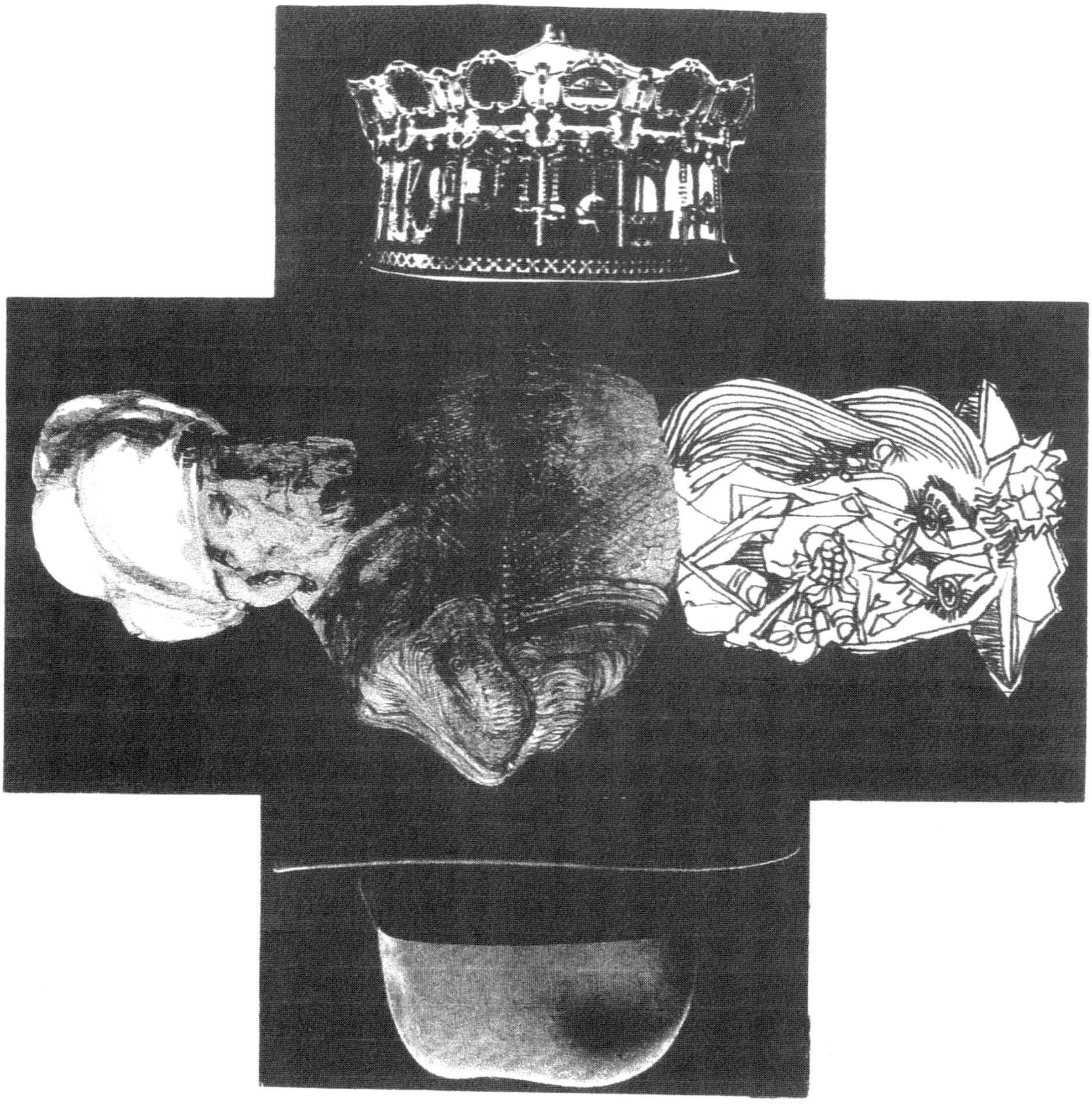

hommage à
· Kinnertiet-Karussel
· Rembrandt
· Picasso
· Beuys

REMBRANDT UND PICASSO

Bei einer so „erdverbunden-bürgerlichen" Sozialisation wie der meinen verwundert es natürlich nicht, dass ich meine künstlerischen Ideale zunächst in der holländischen Malerei des „Goldenen 17. Jhdts." gefunden habe. Und zu meinem Lieblingsmaler wurde Rembrandt. Die dafür den Ausschlag gebende künstlerische Qualität hat nichts mit „Geschmack" zu tun. Ich bewundere insbesondere den Variantenreichtum des Bildlichts in seinen späten Bildern. Nach meinem Staatsexamen besuchte ich daher noch ein Oberseminar des Kunsthistorikers Prof. Schöne, Spezialist für das Bildlicht in der Malerei. Bei ihm fand ich meine frühe Ahnung bestätigt, dass Rembrandt wie kein anderer mit vielen Spielarten des Bildlichts umgegangen ist, weit über das simple Klischee der meisterlichen Hell-Dunkel-Malerei hinaus.

Rembrandt hat mich fasziniert und lange Zeit auch inspiriert, aber existentiell beeinflusst hat mich ein ganz und gar anderer Künstler. Er lebte drei Jahrhunderte später: Picasso.

Und das kam so: Kaum hatte ich 1956 mein Abitur gemacht, da fand im März und April im Altbau der Hamburger Kunsthalle die legendäre Picasso-Ausstellung statt. Dass sogar das berühmteste Bild der Moderne, „Guernica", dort zu sehen sein sollte, traf mich wie ein Schlag. Diese Ausstellung war vorher schon in München und Köln gezeigt worden, was ich als Oberprimaner mit Interesse verfolgt hatte. Mitte März verabredete ich einen Termin mit einem hiesigen Kolonialwarenhändler, der mit seinem Lastwagen regelmäßig zum Gemüsegroßmarkt nach Hamburg fuhr. Bei klirrendem Frost und nächtlicher Dunkelheit startete ich zu einer geheim gehaltenen Fahrt unter flatternder Persenning auf der Ladefläche zwischen scheppernden Obstkisten.

Und das Wunder geschah: Als Verehrer altmeisterlicher Rembrandt-Malerei musste man 1956 nicht gerade auch von Picasso-Werken begeistert sein. Aber genau das geschah! Für mich bis heute ein Wunder. Obwohl ich bis dato wenig über Picasso erfahren hatte, wurde diese Ausstellung nicht nur „für die deutsche Kunstwelt ein einschneidendes Ereignis", wie Alfred Hentzen, der damalige Direktor der Hamburger Kunsthalle im Katalog schrieb, sondern auch für mein eigenes Leben. Und tatsächlich war das 1937 für die Pariser Weltausstellung gemalte Monumentalwerk „Guernica" in ganzer äußerer und innerer Größe zu bestaunen. Es musste diagonal in die Ecken eines Saales gestellt werden, weil seine Überbreite es nicht anders zuließ. Gegenüber hing das im selben Jahr gemalte winzige, aber ebenfalls berühmt gewordene Bild „Weinende Frau" - ebenso beeindruckend! Wer zu jener Zeit diesem Bürgerschreck Picasso eine hohe künstlerische Bedeutung zusprach, sah sich oft herabwürdigenden Verdächtigungen und abwertenden Reaktionen ausgesetzt. Das reichte von ungläubiger Verwunderung bis hin zu schroffer Ablehnung, ja Bemitleidung und Beschimpfung und noch wesentlich später fiel auch immer mal wieder der peinlichst belastete Ausdruck „Entartete Kunst".

Dass das keine Einzelmeinungen weniger unverständiger Laien waren, zeigten z.B. Leserbriefe im Eiderstedter Tageblatt vom Januar 1967(!) anlässlich der Ausstellung „Wilhelm Judith und seine Schüler" im Husumer „Nissenhaus". Mein geschätzter Kunsterzieher hatte einige seiner ehemaligen Schüler zu einer Gemeinschaftsausstellung eingeladen. Als Reaktion auf eine recht positive Rezension des damaligen Redakteurs des „NDR-Kulturspiegels" erschienen mehrere erboste Leserbriefe. Ausstellungsarbeiten wurden als „perverse Schmiererei, bei deren Anblick man sich vor Ekel erbrechen muss" und mehrfach als „von unserem Volk entschieden abgelehnte Entartete Kunst, bei der niemandem das Recht zusteht, ein Menschenantlitz zur Fratze zu verunstalten" usw. beschimpft.

Jedes Wort spricht für sich.

KUNST STUDIEREN UND DUNG STREUEN

Nach meiner Begegnung mit den Picasso-Bildern stand für mich also felsenfest: An der Kunst führt bei mir nichts vorbei. Fast 50 Jahre später, im Juni 2005, rief das „Hamburger Abendblatt“ alle damaligen Ausstellungsbesucher dazu auf, sich nun nochmals an gleicher Stelle in der Hamburger Kunsthalle zu treffen, um gemeinsam Erinnerungen an die eigenen Ausstellungserlebnisse auszutauschen. Als zusätzlicher Anreiz war für dieses Treffen eine Fotoausstellung „Begegnungen mit Guernica“, die ein Fotograf zusammengestellt hatte, der damals von einer Frankfurter Zeitung extra nach Hamburg geschickt worden war, um die auffallend vielen Menschen vor den Bildern jenes gediegenen Malers Picasso abzulichten. Auf diesen Fotos von „verblüfften, bewegten, amüsierten oder irritierten Betrachtern“ erkannten sich nun, 2005, einige Menschen wieder und erzählten, woran sie sich erinnern konnten. Es stellte sich heraus, dass nur eine Minderheit die damalige Ausstellung „angenehm berührt oder begeistert“ verlassen hatte. Auf einem Foto erkannte sich der Filmregisseur Hark Bohm wieder, der nach eigenem Bekunden „aus konservativem, ins Naziregime verstrickten Elternhaus“ stammt. Für ihn sei die Picasso-Ausstellung ein Wendepunkt in seiner biografischen Entwicklung gewesen: „Sie war für uns zornige Exis (Existenzialisten) ein Anker zur Rebellion gegen die Eltern . . .“. Unter der Schlagzeile „Kunst verändert Lebensläufe“ wurde ich mit dem Interview-Satz zitiert: „Diese Ausstellung war die Initialzündung für mein Berufsleben.“ Stimmt.

Und dieses begann schon im März 1956 mit einer ebenfalls heimlich durchgeführten Fahrt mit dem nämlichen Gemüselaster, diesmal mit einer Sammelmappe unterm Arm. Ziel: Wieder Hamburg, Kunsthochschule am Lerchenfeld. Was ich nicht wusste: Es war kein Aufnahmetermin, so dass man meine Arbeiten keines Blickes würdigte. Daraufhin bin ich kurz entschlossen zur nächsten Großstadt, Hannover, weitergefahren. Hier gab es zwar keine Kunsthochschule, aber eine sog. „Werkkunstschule“, mit einem Vorkurs für angehende Kunsterzieher. Von einer Patientin meines Vaters war mir früher einmal eine Adresse in der Nähe des Bahnhofs von Hannover zugesteckt worden, wo ich die ersten Tage notdürftig unterkommen könnte. Ich scheute mich aber, so spät abends noch dort einzukehren und orientierte mich nur, wo das Quartier lag: Nach langer Tunnelunterquerung der vielen Bahnhofsgleise mitten im Rotlichtmilieu. So wollte ich lieber die erste Nacht in der Bahnhofsmission, über einen Tisch gebeugt, zubringen. Kaum war ich eingenickt, nestelte jemand an meiner Geldbörse, woraufhin ich mich dann doch noch in der Dunkelheit auf den Weg zu meiner Übergangspension machte. Weshalb ich dies alles erzähle? Dieses Erlebnis ist mir unter die Haut gegangen, denn der von mir ertappte Dieb folgte mir mit meinem Koffer, der Bewerbungsmappe und meinem Trompetenkasten durch den ganzen, kaum beleuchteten Tunnel in einiger Entfernung, bis ich endlich meine Adresse erreichte und die Haustür - verschlossen vorfand. Ich sah aber noch Licht und klopfte nach Leibeskräften an das Fenster, während der Typ immer näher kam. Die Öffnung einer Haustür habe ich danach noch nie so befreiend erlebt wie damals – an meinem allerersten Tag in einer Großstadt.

An der Werkkunstschule wurde ich nach einwöchiger Aufnahmeprüfung aufgenommen und bezog ein nicht beheizbares Eckzimmer bei einem freundlichen Schusterrentnerpaar.

Hannover lag damals noch zu großen Teilen in Trümmern, soweit diese noch nicht auf die Schrottberge verbracht waren, aus denen die Tribünen des Niedersachsenstadions gebaut wurden. Die Werkkunstschule war in Resträumen einer Ruinenlandschaft untergebracht. Kulturell hatten die schweren Kriegsfolgen einer erstaunlich vitalen und anspruchsvollen Kulturszene

Platz gemacht. Interessante Ausstellungen und erstklassige moderne Musik mit Bigbands von Edelhagen bis Strasser, sowie international arrivierte Jazzgrößen wie Dizzy Gillespie, Sidnet Bechet, New Orleans Feetwarmers, Ella, Jack Teegarden u.a.m. traten „im Aegi" auf. Die Hannoversche Messe begründete den Aufbruch ins aufblühende „deutsche Wirtschaftswunder". Uns Werkstudenten gab sie eine saisonal begrenzte Verdienstmöglichkeit. Meinen Lebensunterhalt verdiente ich mir mit gelegentlichen Jobs bei „Conti" (Kessel reinigen), „Bahlsen" (Keks-Verpackung) und Güterbahnhof bei Nacht (Waggon-Frachtgut mit Sackkarren umladen).

Nach den beiden absolvierten Probesemestern und nach dem Glück, anschließend an der Kunsthochschule in Hamburg aufgenommen worden zu sein, mussten dort wiederum 2 Probesemester überstanden werden.

Darauf folgten 2 Werksemester mit Keramik, Silberschmiede und Tischlerei. Vor allem der ehemalige BAUHAUS-Meister Prof. Otto Lindig und der BAUHAUS-Schüler Prof. Wolfgang Tümpel haben mir viel gegeben. Dankbar bin ich auch Prof. Heinz Trökes, der aus den USA den „Flomaster", Prototyp des Filzstifts, mitbrachte. Und der Bildhauer Prof. Gustav Seitz, der zu vermitteln wusste, was eine „gespannte Linie" ist. Sowie Prof. Werner Bunz, der mir die Augen für die Kunst des Schreibens öffnete. Last not least der Kunsthistoriker Prof. Otto Steltzer, der mit sprachlicher Ausdrucksschärfe und trefflicher Bildauswahl die Kunstgeschichte an uns vorbei und unmerklich in uns hineinführen konnte. Paul Wunderlich zeigte uns die Technik der Lithographie und Radierung. Was hat man gelernt? Genau betrachten, suchen und versuchen, in Alternativen denken und handeln, vergleichen und sich bei alledem einen Blick für künstlerische Qualität anzueignen. Andere Grundfähigkeiten und Begabungen wurden vorausgesetzt. „Beigebracht" werden kann jemandem ohnedies in künstlerischen Bereichen so gut wie nichts. Kunsthochschulen können bestenfalls günstige Rahmenbedingungen für eine weitgehend selbstständige Weiterentwicklung schaffen. Vordergründig habe ich mich viel mit Schrift beschäftigt, ganze Tage am Stück geschrieben - wie ein Mönch. Aber wirkliche Studien beim Schreiben richteten sich auf die Formgestaltung im Kleinen wie im Ganzen auf rhythmische Abläufe, Spannung der Formen und des Bildraums, auf Umgestaltung als Wechsel von Destruktion und Konstruktion, Herausforderung durch Komplexität, Erhaltung von Neugier, konstruktiven Umgang mit Fehlern, Freude am Experimentieren. Die allwöchentlichen Korrekturen und die vielen Zwischenprüfungen waren gefürchtet. Avantgarde-Dozenten wie Hundertwasser, an dessen Projekt „unendliche Linie" ich aktiv teilgenommen habe, wurden ausgebremst. Dagegen war das 4-tägige Künstlerfest „LI-LA-LE" mit seinen 10 Kapellen und Dekorationen ein Markenzeichen der Lebensfreude und hauseigenen Kreativität weit über die Hansestadt hinaus. Horst Janssen zeichnete damals 1000 Eierköpfe an die Mensawände und wir Studenten verdingten uns mit übergestülpten Jutesäcken als Ordnungsdienst. Sehr beliebt waren die Plätze auf den Matratzen, aber geraucht wurde noch Tabak pur. Insgesamt war es eine wunderbare Zeit, auch wenn ich mir weiterhin mein Studium selber verdienen musste. In den Semesterferien durch Mitarbeit bei meinen beiden Brüdern in NF (Dung streuen per Trecker, Wasserkuhlen kleien und per „Pik Esch" (Holzspaten) nachputzen oder Kleierde ausbringen). Meine Studentenbude lag in einer heute abgerissenen dunklen Straße Hamburgs, in der Hildegard Knef einen ihrer ersten Filme gedreht hatte. Heute steht dort die „Schwimmoper".

Nach meinem Staatsexamen habe ich noch Kunstgeschichte bei Prof. Sedlmayr und Philosophie bei Prof. Karl-Friedrich von Weizsäcker studiert, in München Paläographie bei Prof. Dr. Dr. Bischoff, der europaweit ein ausgewiesener Spezialist für mittelalterliche Literatur und deren Textdecodierung war. Ihm wurden mit weißen Handschuhen wertvolle Folianten und Urkunden

Mein Arbeitsplatz an der HfBK

LiLaLe-Plakat

Ergebnisse der Werksemester

Einige „Beschäftigungen“
in den Semesterferien

ABCEDFG
PUNSOM
WRTZIVY
QXHKLJ

ἸΩΒ

ΑΝΘΡΩΠΟΣΤΙΣΗΝΕΝΧΩΡΑΤΗΑΥΣΙΤΙΔΙΩΟΝΟΜΑΙΩΒΚ
ΜΕΜΠΤΟΣΔΙΚΑΙΟΣΘΕΟΣΕΒΗΣΑΠΕΧΟΜΕΝΟΣΑΠΟΠ
ΔΕΑΥΤΩΥΙΟΙΕΠΤΑΚΑΙΘΥΓΑΤΕΡΕΣΤΡΕΙΣΚΑΙΗΝΤΑΚΤΗ
ΗΛΟΙΤΡΙΣΧΙΛΙΑΙΣΕΥΓΗΒΟΩΝΠΕΝΤΑΚΟΣΙΑΙΘΗΛΕΙΑ
ΣΙΑΠΟΛΛΗΣΦΟΔΡΑΚΑΙΕΡΓΑΜΕΓΑΛΑΗΝΑΥΤΩΕΠΙΤΗ
ΝΗΣΤΩΝΑΠΟΗΛΙΟΥΑΝΑΤΟΛΩΝΣΥΜΠΟΡΕΥΟΜΕΝ
ΟΥΣΑΝΠΟΤΟΝΚΑΘΕΚΑΣΤΗΝΗΜΕΡΑΝΣΥΜΠΑΡΑΛΑΙ
ΑΥΤΩΝΕΣΘΙΕΝΚΑΙΠΙΝΕΙΝΜΕΤΑΥΤΩΝΚΑΙΩΣΑΝΕΤΕΛΕ
ΛΛΕΝΕΚΑΤΑΡΙΣΕΝΑΥΤΟΥΣΑΝΣΤΑΜΕΝΟΣΤΟΠΡΩΙΚΑΙ
ΑΡΙΘΜΟΝΑΥΤΩΝΚΑΙΜΟΣΧΟΝΕΝΑΠΕΡΙΑΜΑΡΤΙΑΣΠΕΡΙ
ΟΙΥΙΟΙΜΟΥΕΝΤΗΔΙΑΝΟΙΑΑΥΤΩΝΚΑΚΑΕΝΕΝΟΗΣΑΝ
ΗΜΕΡΑΣΚΑΙΕΓΕΝΕΤΟΩΣΗΗΜΕΡΑΑΥΤΗΚΑΙΙΔΟΥΗΛΘΟ
ΙΟΝΤΟΥΚΥΡΙΟΥΚΑΙΟΔΙΑΒΟΛΟΣΗΛΘΕΜΕΘΑΥΤΩΝΚΑΙ
ΓΟΝΑΣΚΑΙΑΠΟΚΡΙΘΕΙΣΟΔΙΑΒΟΛΟΣΕΙΠΕΤΩΚΥΡΙΩΠΕ
ΗΝΥΠΟΥΡΙΟΝΠΑΡΕΙΜΙΚΑΙΑΥΤΟΝΟΚΥΡΙΟΣΠΡΟΣΕΣΧΕ
ΟΒΟΤΙΟΥΚΕΣΤΙΚΑΤΑΥΤΟΝΕΠΙΤΗΣΓΗΣΑΝΘΡΩΠΟΣΑΜΕ
ΣΠΟΝΗΡΟΥΠΡΑΓΜΑΤΟΣΑΠΕΚΡΙΘΕΙΣΔΕΟΔΙΑΒΟΛΟΣΚ
ΝΙΩΒΣΕΒΕΤΑΙΤΟΝΚΥΡΙΟΝΤΑΔΕΕΡΓΑΤΩΝΘΕΩΝΧΕΙΡΟ
ΟΥΠΟΛΛΑΕΠΕΥΗΣΑΣΕΠΙΤΗΣΓΗΣΑΠΟΣΤΕΙΛΟΝΤΗΝΧ
ΗΕΙΣΠΡΟΣΩΠΟΝΛΕΕΥΛΟΓΗΣΕΙΤΟΤΕΕΙΠΕΝΟΚΥΡΙΟΣΤ
ΟΔΙΔΩΜΙΕΝΤΗΧΕΙΡΗΣΟΑΛΛΑΑΥΤΟΥΜΗΑΨΗΚΑΙΕΧΗ
ΙΝΟΣΗΝΗΜΕΡΑΝΑΥΤΗΝΟΙΥΙΟΙΟΚΑΙΠΟΒΑΙΘΥΓΑΤΕΡ
ΛΛΕΛΦΩΝΑΥΤΩΝΤΟΥΠΡΕΣΒΥΤΕΡΟΥΚΑΙΑΓΓΕΛΟΣΗ
ΤΩΝΒΟΩΝΗΡΟΟΡΙΑΙΚΑΙΑΙΘΗΛΕΙΑΙΟΝΟΙΕΒΟΣΚΟΝΤΟ
ΜΑΛΟΝΤΑΑΥΤΑΣΠΡΟΣΚΑΙΠΑΙΔΑΣΑΠΕΚΤΕΙΝΑΝΟΙΗ

Schriftproben zum Buch Hiob in 4 Schreibschriften

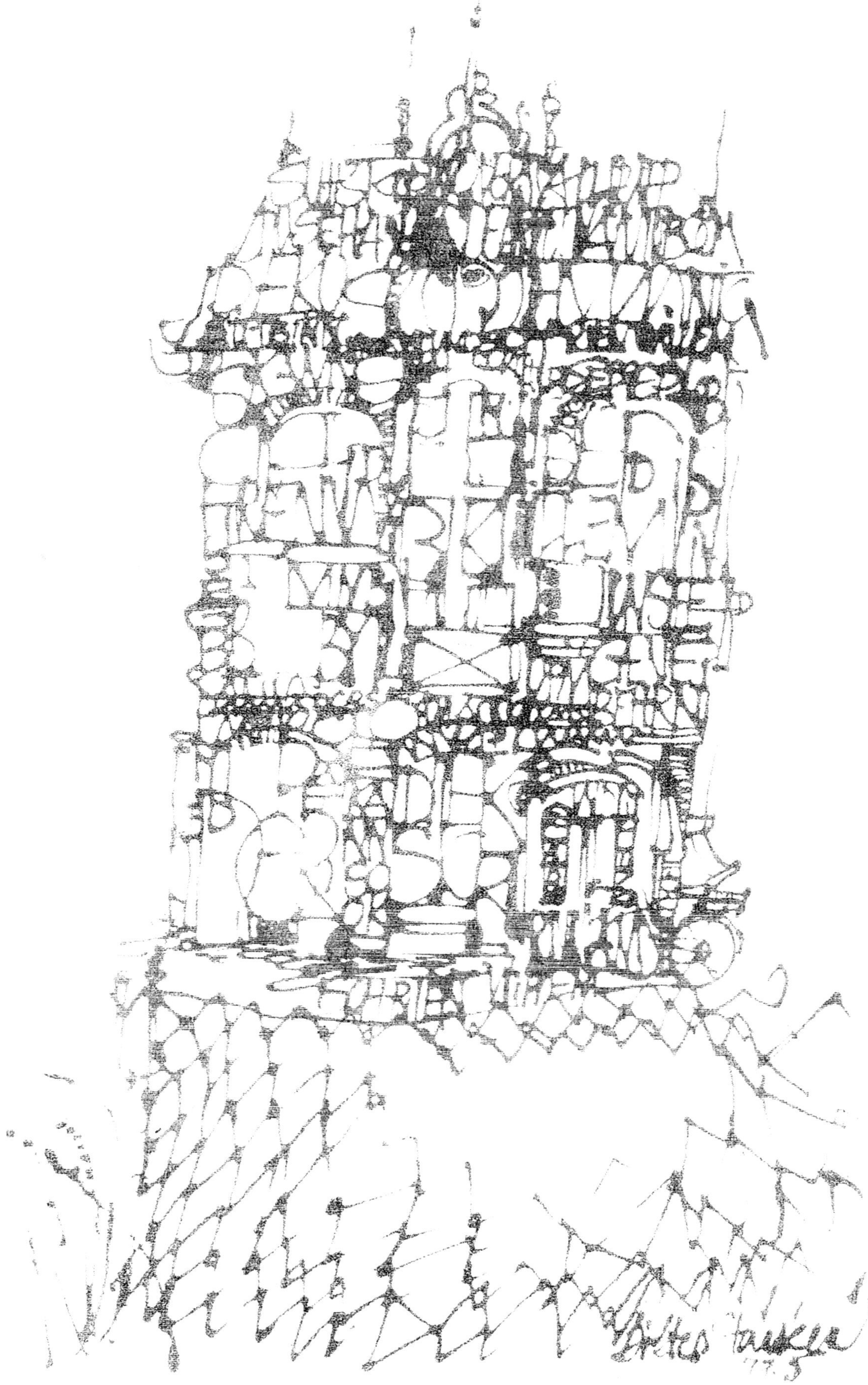

Zwei Variationen zum nachbarlichen „Geisterhaus“

zur Entzifferung und Übersetzung, vor allem aus dem Vatikan und aus Klosterbibliotheken, anvertraut. In seinem Seminardiskurs der Epigraphik und Paläographie war alsbald von Theodor Mommsen die Rede.

Als der Professor erfuhr, dass unter seinen Studenten nun ein Gardinger saß, war sein besonderes Interesse an näheren Auskünften über meinen Landsmann geweckt. Eine seiner ersten Fragen habe ich nicht vergessen: „Sagen Sie, sind die Leute bei Ihnen da oben an der Küste alle so spröde, kratzbürstig, fleißig und couragiert wie Mommsen?" Ich konnte mit gutem Gewissen verneinen, erzählte einiges aus Mommsens und meiner Heimatregion, und als ich auf die Studentenfreundschaft zwischen Mommsen und Storm zu sprechen kam, fragte mich Prof. Bischoff: „Aber warum haben die beiden sich denn lebenslang nicht geduzt?" Dieser Tatbestand war mir damals neu, und ich konnte dies mir und den Anwesenden nur durch den enormen Wesensunterschied zwischen dem Typus des Wissenschaftlers und dem des Künstlers erklären. In der Folge dieser Sitzungen und anlässlich privater Einladungen bei Prof. Bischoff in München-Grünwald wurde mir erstmals das ganze Ausmaß der Fundamentalleistungen Mommsens auf mehreren Grundlagengebieten zumindest in Konturen deutlich. Als mir die berühmte Sammlung der lateinischen Inschriften (Corpus Inscriptionum Latinarum) vorgelegt wurde, die Mommsen begründet und lebenslang betreut hat, überkam mich ein völlig unbegründetes Gefühl des Stolzes, sein Landsmann zu sein. Diese unerreichte Fülle und Tiefe des Gesamtwerkes barg natürlich auch die nahe liegende Gefahr der Demotivierung, selbst in diesen Bereichen forschend tätig zu werden.

Ein Zugang zum Werk bot sich zunächst über die Vita und „den Menschen Mommsen" an. Aber gerade auch hier finden sich kaum vergleichbare Charaktermerkmale eines von „heroischem Fleiß" besessenen „eisernen Arbeiters" (Trauerrede Adolf Harnack). Mich hat besonders seine gelebte Zivilcourage beeindruckt.

Berufsentscheidung

Meine bisherigen Lebens- und Ausbildungswege eröffneten an mehreren Stellen unterschiedliche Möglichkeiten beruflicher Orientierung und erforderten immer wieder vorläufige und endgültige Richtungsentscheidungen auf Haupt- und Nebenwegen der Kunst:

Zum Beispiel Freie oder Angewandte Kunst als freischaffender Künstler, Kunsthistorie oder -theorie als Kunstwissenschaftler, Kunstjournalist oder Galerist als „Vermarkter" von Kunst, Museumspädagoge oder Kunsterzieher als Vermittler von Kunst usw. Ich entschied mich schließlich für letzteren Hauptweg und habe es nie bereut, zumal ich Kunsterziehung immer sowohl als Erziehung *zur* Kunst wie auch *durch* Kunst angesehen habe. Außerdem war dieser Weg breit und offen genug für jegliche gesellschaftliche Einflüsse und Eingriffe.

Meine Bewerbung beim Kieler Kultusministerium für eine Anstellung in Schleswig-Holstein endete mit der Forderung, noch ein zweites Fach studieren zu sollen. Der Kultusbeamte hielt es außerdem für angebracht, mich über ein Bild von Dürer, das ihm wohl bekannt war, zu prüfen. Obwohl mir die vorläufige Referendar-Ernennung zugeschickt wurde, habe ich dann doch lieber in Hamburg ein Sportstudium abgeleistet und gleichzeitig bis zum Assessorexamen Lehraufträge an Gymnasien übernommen, Aufträge für die Kirche (Antependien, Gedenktafeln) angenommen, für „DIE ZEIT" Illustrationen gezeichnet und Bilder in Hamburger Galerien, im Altonaer Museum, in der Patriotischen Gesellschaft und in der Hamburger Kunsthalle ausgestellt. Auf Schloss Gottorf hatte ich meine erste Gesamteinzelausstellung. Prof. Dr. Schlee, damaliger Leiter des Schlosses, hatte Bilder von mir im Wartezimmer der väterlichen Arztpraxis gesehen und mir eine Ausstellung angeboten. (Damals fuhren noch Museumsleute übers Land und orientierten sich vor Ort durch Atelierbesuche.)

In meiner Berufszeit als Kunsterzieher habe ich

mich auch intensiv mit den immer wichtiger werdenden Massenmedien auseinandergesetzt: Fotografie, Film, Video, Werbung usw. Als Mitglied des Lehrplanausschusses der Hamburger Schulbehörde habe ich mich frühzeitig dafür eingesetzt, dass diese visuellen Medien nicht nur in den verpflichtenden Unterrichtskanon der Gymnasien und Gesamtschulen aufgenommen wurden, sondern dass die SchülerInnen von der passiven Empfänger-Rolle in die aktive Sender-Rolle wechseln konnten. Wie ich bei meinen jährlichen Besuchen der „fotokina" in Köln feststellen konnte, wurde Hamburg so Vorreiter mit diesen für das Durchschauen der täglichen Bilderflut so wichtigen Lehrplanteilen. Die Folge war u.a. ein eigenes jährliches Schüler-Filmfestival in Hamburg. Entsprechende Lehrerfortbildungskurse habe ich jahrzehntelang in Hamburg und Kiel geleitet und angeregt. In der „Hamburger Gesellschaft für Filmkunde"und im „Landesgremium für Schulfotografie", sowie im „Kunsterzieherverband Hamburg" arbeitete ich im Vorstand mit.
1974 wurde mir die Leitung des Fachseminars für Bildende Kunst für die Gymnasien und Gesamtschulen am Staatlichen Studienseminar in Hamburg übertragen. Diese Ausbildung von Referendaren in Fachdidaktik und -methodik erstreckte sich über ganz Hamburg, so dass ich durch meine Unterrichtshospitationen fast alle Höheren Schulen kennen gelernt habe. In den Seminarsitzungen ging es um alle möglichen Unterrichtsfragen und -hilfen. Wie sind junge Menschen unter schulischen Bedingungen praktizierend und rezipierend an Kunst heranzuführen? Und womit legitimiert sich dieses „Humanfach" (wie ich es gegenüber naturwissenschaftlichen Fächern gerne nannte) im heiß umstrittenen Fächerkanon der öffentlichen Schulen?

„KUNST" ?

Dieser ohnehin nicht objektiv definierbare Begriff war schon immer inneren Wandlungen ausgesetzt und wird überdies häufig mit anderen Begriffen verwechselt, z.B. mit „Können" oder „Kreativität". Dem Könner geht es um Anwendung seiner sicher angeeigneten Fertigkeiten. „Der originale Künstler jedoch verlässt das Bekannte und das Können. Er stößt zum Nullpunkt vor. Hier beginnt sein hoher Zustand" (Willi Baumeister). Könner haben gelernt, Regeln zu beherrschen und schnell Aufgaben zu lösen. „Künstler dagegen ist einer, der aus einer Lösung ein Rätsel machen kann", sagt Karl Kraus. Mit „Kreativität" verbindet Kunst zwar einiges, etwa alternatives Denken, Phantasie und Originalität. Ein elementarer Unterschied besteht jedoch u.a. darin, dass Kreativität als Problemlösungsverhalten und als Methode eine exakte Formulierung des Problems voraussetzt, bevor der kreative Prozess beginnen und auf überprüfbar optimale Lösungen abzielen kann.
In künstlerischen Prozessen geht es hingegen gerade nicht um Eindeutigkeit und messbare Richtigkeit, sondern um zweckfreie, nur subjektiv ermessbare „innere Wahrheit", um Scheinhaftigkeit, um das Wie, also um die „Form". Schiller sah das eigentliche Geheimnis des Künstlers darin, dass er den Stoff (Inhalt und Material) durch die Form tilgt. Und wenn es zutrifft, dass Kunst im Auge des Betrachters entsteht, so bedarf es nicht nur bei Künstlern, sondern auch bei Betrachtern von Kunst „anderer Augen" als jener, die nur allgemein Sichtbares aufnehmen und Bekanntes wieder erkennen „können".

ZURÜCK IN DIE HEIMAT MIT „ANDEREN AUGEN"

Beim Zeichnen eines Baumes mit all seinen Blättern und Zweigen, die ich als Schüler akribisch genau „abzuprimeln" versuchte, riet mir mein Zeichenlehrer, weniger auf das Einzelne und mehr auf „das Wesen" des Baumes zu achten. Das wirklich Wesentliche konnte nur durch gestaltende Vereinfachung, nicht durch richtiges Abzeichnen zum Ausdruck gebracht werden.

Als ich ein halbes Jahrhundert später in das Platt-Land meiner Jugend zurückkehrte, sind Dinge und Erscheinungen in meine nun „anderen Augen“ gefallen, die ich früher nicht einmal wahr-, geschweige denn ernstgenommen habe. Erst jetzt fiel mir zum Beispiel mit Verwunderung auf, dass gerade die entscheidenden Wesens- und Wirkungselemente dieser Küstenlandschaft zwar dauerpräsent und prägend, aber „an sich“ allesamt unsichtbar sind, wie Geisterwesen und -energien, wie große Marionettenspieler hinter den Kulissen der oberflächlich sichtbaren Welt:
Es sind „die fünf Ws“ WIND – WASSER – WEITE – WANDEL – WIRKLICHKEIT.
Ja, auch das uns allgegenwärtige, als Flüssigkeit, Gas oder Eis überall anwesende Urelement WASSER wird nur durch Fremdeinwirkung und indirekt sichtbar, etwa durch Bewegung, Spiegelung, Färbung, Kondensierung, Abfüllung usw., aber „an sich“ ist Wasser amorph und durchsichtig wie Glas.
Auch vom pausenlos sich vollziehenden WANDEL sehe ich nur dessen Ergebnisspuren ringsum, im Wattenmeer als Folge eines Tidenhubs, im Land als Folge der Witterung und Jahreszeiten. Aber der Wandel 'an sich` bleibt als hinter allem Sichtbaren wirkende Energie dem Auge verborgen. Die sich ins Unendliche verflüchtigende WEITE verliert sich ebenfalls in der Unsichtbarkeit. Und obwohl man den WIND sogar messen zu können glaubt, zählt auch er zu den großen Unsichtbaren. Sind es wohlmöglich gerade diese unsichtbaren Wirkelemente, die dieser doch scheinbar so offenen, übersichtlich klaren Landschaft das `Spökenkiekerhafte` verleihen und für Künstler so anziehend macht? Früher habe ich mir nicht diese Fragen gestellt. Was ich früher als Umgebung, dann als Umwelt und schließlich als unendlich weit erscheinenden Himmelraum über Land und Meer empfunden habe, erlebe ich zunehmend als Teil eines Innenraums. Heimat ist ein Innenraum-Gefühl. Da mögen Ringsumhorizonte noch so fern sein. Sichtbar ist auch dieser Innenraum subjektiv erlebter WIRKLICHKEIT nicht, aber dennoch spürbar. Und er scheint durchweht und durchwirkt von den Energien und Sphären des WINDES, der WEITE, des WASSERS und des WANDELS.

Diese Wirklichkeit ist in mir oder nirgendwo.

REET UND SCHAFE

Zwei konkrete Beispiele für gewandelte Wahrnehmung:

Viele meiner Wege zur Kunst verliefen durch Kunstmetropolen, Ateliers, Museen, Ausstellungen, aber manche auch quer durch das offene Land kunstferner Natur. Mit „anderen Augen" unterliegen auch alltägliche, banale Dinge einem manchmal erstaunlichen Bewusstseins- und Deutungswandel.

Zum Beispiel das REET:

In meiner Jugendzeit wurde dieser Wasserpflanze, die den Wanderer hier auf Schritt und Tritt begleitet, nur eine von zwei Bedeutungen zugeordnet: Lästiges Unkraut oder besondere Dachbedeckung. Für mich wandelte sich Jahrzehnte später diese unscheinbare Pflanze zu einer Art Wunderpflanze.

Oder reicht es etwa nicht ans Wundersame,

- dass dieser spindeldürre, bis 3 Meter lange, hohle, schwankende Halm Wind und Wetter widersteht?
- dass er sich wieder aufrichtet, nachdem ihn Schnee platt gedrückt hat?
- dass diese Pflanze sich als Wasserpflanze hoch oben auf asphaltierten Außendeichen behauptet?
- dass die überjährigen ockerfarbenen Althalme so lange Platzhalterdienste leisten, bis die junge grüne Halmgeneration zu gleicher Höhe emporgewachsen ist?

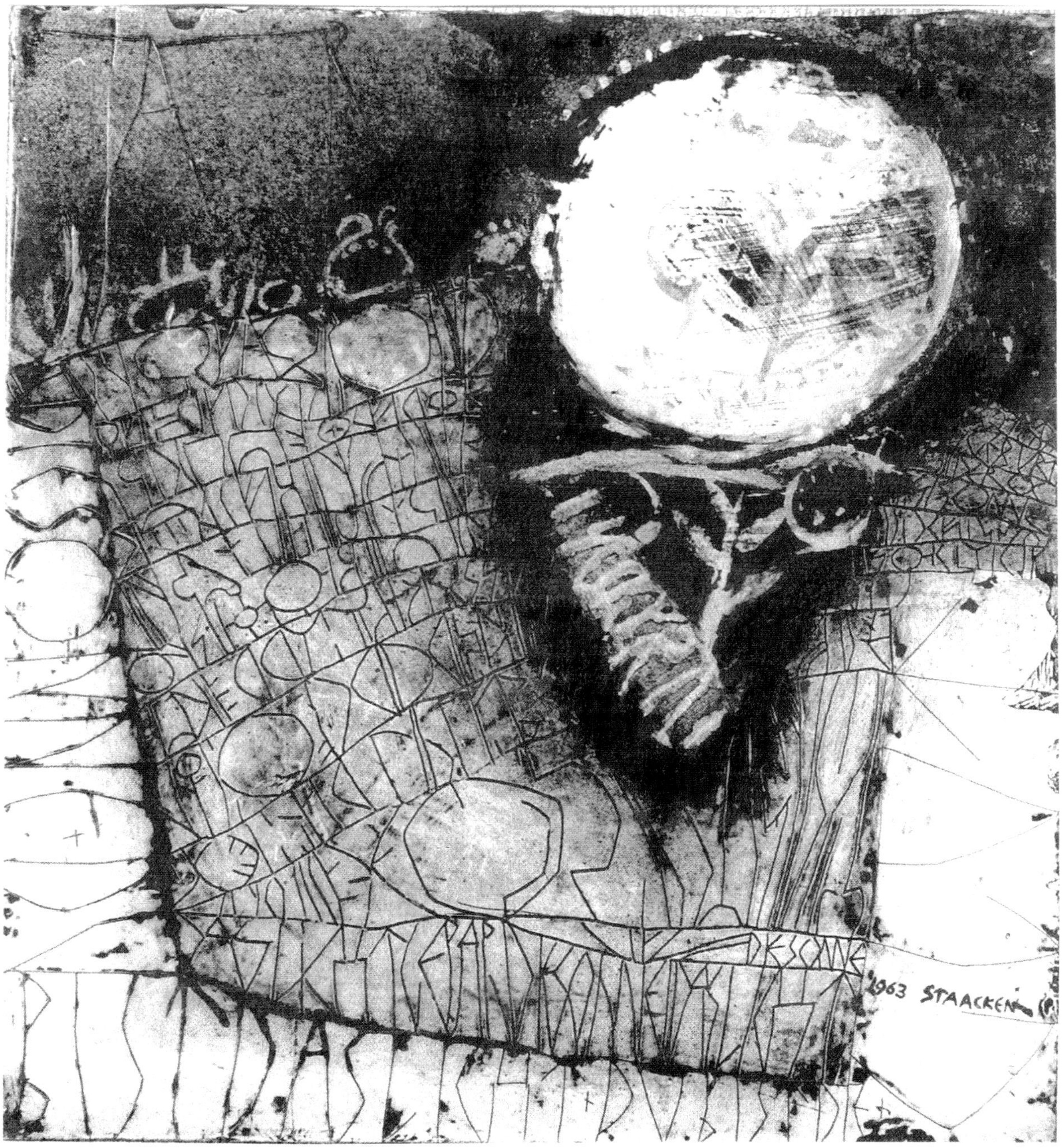
1963 STAACKEN

DIES IST DIE GESCHICHTE
TIEF UNTEN IN DER ERDE SCHLUMMERTEN VERBORGEN
VIER SAMEN + DREI GEHÖRTEN GEWÖHNLICHEN KRÄU+
TERN + DER ANDERE ABER EINER BLUMENART + ER SPRACH
ZU DEN DREIEN + IM LENZ WERDE ICH ALS ERSTE EIN AUGE
UND DAHER SCHÖNSTE BLUME AUF DER GANZEN ERDE BLÜ
HEN + DIE DREI SCHWIEGEN + ALS DIE SONNE NUN WÄR
MER WURDE + REGTE SICH DAS BLUMENKORN ALS ERSTES
WURDE ABER BALD IN SEINEM HOCHENDRANG VON EINEM
GROSSEN STEIN GEHEMMT + ERST ALS NACH LÄNGERER
ZEIT AUCH DIE DREI KRÄUTERTRIEBE EMPORSTREBTEN UND
DENSELBEN STEIN TRAFEN + KONNTEN ALLE VIER GEMEINSAM
DEN STEIN ZUR SEITE WÄLZEN UND DEN WEG ZUR SONNE FREILE
GEN + DIE BLUME ENTFALTETE IHRE BLÜTENPRACHT + WAR ABER
SEITDEM GEGENÜBER DEN NACHBARKRÄUTERN BESCHEIDEN +

- dass diese unentwegt hin und her schwingenden Rispenpendel den Wind mit rhythmischem Tanz sichtbar und hörbar machen können und das ansonsten dauergrüne Marschenland zu allen Jahreszeiten mit ihren endlosen Grabengirlanden durchkränzen? Das hat mich zu Bildern angeregt und zu Riemeln wie:

Dat Reit
dat steiht
de Wind
de weiht
de Tiet
de geiht
over dat Reit
dat steiht
un steiht
un steiht
......

Die Reethalme scheinen unregelmäßig durch Knoten gegliedert, und doch folgen sie einem Plan, dem großen umfassenden Plan des Natur, der sich vom menschlich erdachten Gleichmaß des Zollstock-Taktes durch das Maß des nicht definierbaren RHYTHMUS abhebt. Quasi als symbolisches Richtmaß aller großen und kleinen Rhythmen, die alle Schöpfungsphänomene wie Jahreszeiten, Meereswellen oder den Flügelschlag der Vögel durchpulsen. So vertritt jeder Reethalm ein Wuchsprinzip jeglichen Lebens.
Matthias Claudius öffnete den Menschen ihre „anderen Augen" mit den bekannten Zeilen: „Seht ihr den Mond dort stehen? Er ist nur halb zu sehen und ist doch rund und schön. So sind wohl viele Sachen, die wir getrost belachen, weil unsre Augen sie nicht sehen . . ." Der einzelne Reethalm ist nur ein winziger Zipfel des unendlich langen Natur-Perpendikels, der mit seinen Geschichtsepochen, Jahrhunderten und Jahreszeiten die ganz großen und die winzig kleinen Rhythmen in Bewegung hält:

Zum Beispiel SCHAF:

Früher tauchte dieses Tier in meinem Bewusstsein nur in der Mehrzahl auf: „die Schafe" – das sagt eigentlich schon alles! Die Schafe waren „Nutztiere", vor allem geeignet für Festigung und Beweidung der Außendeiche, genügsam, ungefährlich und mit Haut und Haaren zu vermarkten. Eine Zweckmäßigkeit ganz anderer Art haben offensichtlich Großstadt-Psychiater ausgemacht. Jedenfalls kann man auf Deichen sinnierend kauernde Menschen treffen, die einem erzählen, ihnen sei von ihrem Arzt als Therapie empfohlen worden, längere Zeit Schafe zu betrachten, um zu innerer Harmonie zurück zu finden. Wenn man mit anderen Augen auch das einzelne Schaf betrachtet, so fallen Eigenschaften auf, die uns Menschen geradezu als Tugenden zum Vorbild gereichen könnten. Es fällt dann nicht schwer, eine HOMMAGE AN DAS SCHAF zu schreiben, an seine Arglosigkeit, Ausdauer, Friedfertigkeit, Gutmütigkeit, Duldsamkeit, Freundlichkeit, Harmlosigkeit, Geselligkeit, Zutraulichkeit, Wärme und Molligkeit, „Lammfrömmigkeit", seine sanfte Ausstrahlung, Anspruchslosigkeit, Opferbereitschaft, religiöse Symbolkraft, seine Milch und Wollehingabe, seine Käsesorten, Decken, Socken, Pulswärmer, Babyfelle und die Jahrhunderte lange Kreuztragung auf etlichen Wappen und Siegeln usw.
Es lebe das Schaf !

Zu Guter Letzt

Die Reihe solcher Beispiele für Wahrnehmungswandel ließe sich erweitern. Meine Lebenswanderung wurde so zu einer „Art Lebenswandel", die Wanderschaft zu einer Wandelschaft, zu einer Neuentdeckungsreise zurück zu den eigenen Wurzeln in anderem Licht, mit anderen Augen. Habe ich mir wohl tatsächlich „die Kindheit unter den Arm geklemmt, um sie ein Leben lang nicht wieder zu verlieren"? Jedenfalls verliefen meine Wege nicht nur in Richtung Kunst, sondern sie sind durch die Kunst auch so verlaufen, wie sie verlaufen sind - in „ovalen Kreisen" und mit Ecken und Kanten, in eine vertraut-fremdartige, zukunftsorientierte Vergangenheit voller Erinnerungen und Ahnungen.

6 Seiten eines Motivs

Weets du noch ?

„ Weets du noch?“ un „weets du noch?“
wat is uns dat vertruut !
„Hest du noch?“ un „bist du noch?“
wat is dat för een Luut !
Jede Satz mit „weets du noch?”
de klingt so wunnerschön;
knapp is sun Fraag herut ut Loch,
denn bist all vull an't Klönen.
Un „levt de noch?“ un „drippst de noch?“
un „kennst noch de un de?“
„Nee, de heff ik ut Oog verloren,
man de he'k noch mol sehen.“
Dat „Weets du noch?“ un „Kennst du noch?“
zaubert sun oole Flair.
Miteenst is uns denn woller so
as domols - ungefähr.
Eerst wenn de Fraag kummt „kannst du noch?“,
denn is de Lack bald af;
denn sühst du, wat dor ünner is:
De Wohrheit - ohne Blaff !

De Dings dor

Hörst du ook to disse Lüüd,
de jümmers allens vergeten,
de nie nich op de Naamens kümmt,
wo de un de noch heten ?

Steihst ook oft jeneerlich dor
mit dicke Hals vör Wut ?
Dat Woort dat hest du op de Tung,
man kriggst dat drieß nich rut ?

Knippst di een af „na segg mol gau“
un “Minsch, wo heet de noch,
de Dings dor“ un weets nix genau,
kiekst deep in swartet Loch.

Wat heff ik fröher de Lüüd beneed,
de allens kunnen beholen,
ob Tahl, ob Naams oder Leed,
sunnerlich in Schoolen.

Intwüschen dot all Lüüd mi leed
mit sun behöllern Kopp,
so as’n Putt vull oolen Schrott
un baben op ’n Propp.

De hele schedderige Kram,
de sik in’t Leven sammelt,
de hölt sun Schädel fast tosam
un blifft dor binnen un gammelt.

Nee, frei di över jeden Schiet,
de du vergeten hest.
Dat schafft Platz för neege Tiet
un för dien Levensrest.

För mien groote Landsmann Theodor Mommsen

Wi kennen uns, Tetsche, 70 Johr
vun de Stadtpark, merrn in Garrn.
Du Denkmal-Kopp mit langet Hoor,
de eenzige, de wi harrn.
Ik leep as lüttje dumme Jung
mol öfters na di hen.
Un du? Du keekst mi grimmig an,
as würst du mi nich kennen.
Keen Minsch hett mi vun di vertellt,
bi't Huus oder in School.
Domols döchtst du nich as Held,
weerst „links" un „liberal".
Se snackten blots vun veele Gören,
Nobel-Pries un Berlin,
vun dicke Böker weer to hören,
man schull dat allens sien ?

Denn keem uns 'Stadtpark-Hecken-Tiet',
man dreep sien sööte Deern.
Achter di stunn unse Bank,
du kunnst nix sehen - over hören !?
Weer ik in München an't studeeren,
Paläographie,
dor kunn ik düchtig vun di lehren,
Minsch, weer ik stolt op di !
Afsünnerlich Zivilkuraasch,
de schullen wi uns man marken,
Muul oprieten, ook wenn't knaatscht,
„kritiseren" is keen „quarken".
Oft geeng ik na dien Denkmal hen
un jümmers mehr wurr kloor:
In mi harrst du een groote Fan,
kiek mol - mien langet Hoor !

Op eenmol weern de Hecken weg,
du stunnst alleen bitoo.
Dien allerallergröttstet Pech:
So stunnst direkt vör't Klo.
Dat harrst du, Tetsche, nich verdeent,
dacht sik uns Kunstvereen.
„Vun't Klo op Markt!", so hebbt wi meent,
dor passt du beter hen.

Op eenmol weerst denn sülver weg.
Büst afhaut? Oder klaut?
Wi hebbt di söcht, man funnen di nich,
dor hebbt wi lang an kaut.
Dat weer een Fall för uns Vereen,
wi wullen di werr hemm, kloor.
Wi makten uns foorts op de Been
un nu büst wedder dor.

Dien niet Denkmol vör de Kark
süht ut, as weert 'n Droom.
Bitoo hört nu noch op de Markt
Buchsboom ut Garrn un'n Palm ut Rom

Das Denkmal

Am Denkmal hebt sein Bein ein Hund,
denkt, warum ist der Baum nicht rund ?
Das Denkmal fragt nach dem Vergehen:
"Muss ich für Hunde 'Gassi' stehen ?
Reicht's nicht, was die Tauben machen
auf meinem Kopf für krumme Sachen ?"
Das hört der Hund und sagt: „Pardon,
ich wunderte mich eben schon,
ein Baum mit Kanten und aus Stein
taugt nicht für mein erhobnes Bein.
An Steine werd ich nie mehr pinkeln,
wo drauf steht MOMMSEN oder LINCOLN."

An mien oole Landsmann Theodor Storm

As Minsch weerst du een Patriot,
weerst keen „Slaav“, man „leever doot“.
As Poet föhrtst du een Woort
vun de dor beseelte Sort,
de de Natur verzaubert, “lyrt”,
uns in’n anner Welt henföhrt.
„Heimat“ dee noch anners klingen
bi’t Sleswig-Holsteen-Leeder Singen.

As Schölers lesten wi dien Riemels
„Abseits“ un „Meeresstrand“,
Novellen mit un ohne Schimmels,
mit Spökels vun de Waterkant.
De ’Realisten’ hörst du bi,
so hebbt wi domols lehrt,
wat later eerst verstunn ik di,
mag ween, ook mol verkehrt.
Denn achter dien Naturverglieken
- an de harr ik mien Freid -
stunn jümmers bi’t genau Henkieken
een tweete Wirklichkeit.
As Poppenspäler-Lisei fraagt:
„Hascht’n Wurschtel du verdreht ?“
dor heff ik mi um Pole sorgt,
as wenn ik Pole heet.
Een ’Storm-Gebruus’ geiht dör de Welt,
dien Wark ward översett
in alle Spraken, de wat gelt,
kiek mol in’t Internet !

Wat mancheen stört, is „Graue Stadt“
un seeker find noch irgendwann
een Hochschooldoktorand, dat dat
mit „grau“ nich henkamen kann.
„Bunte Stadt“ harr beter passt
as branding-Werbe-Snack.
Dat „Grau“ dat is’n böse Last
mit griese Bigeschmack.
(Villicht hett Tetsche sik verschreven,
dat schall’t je ook bi Künstlers geven.)

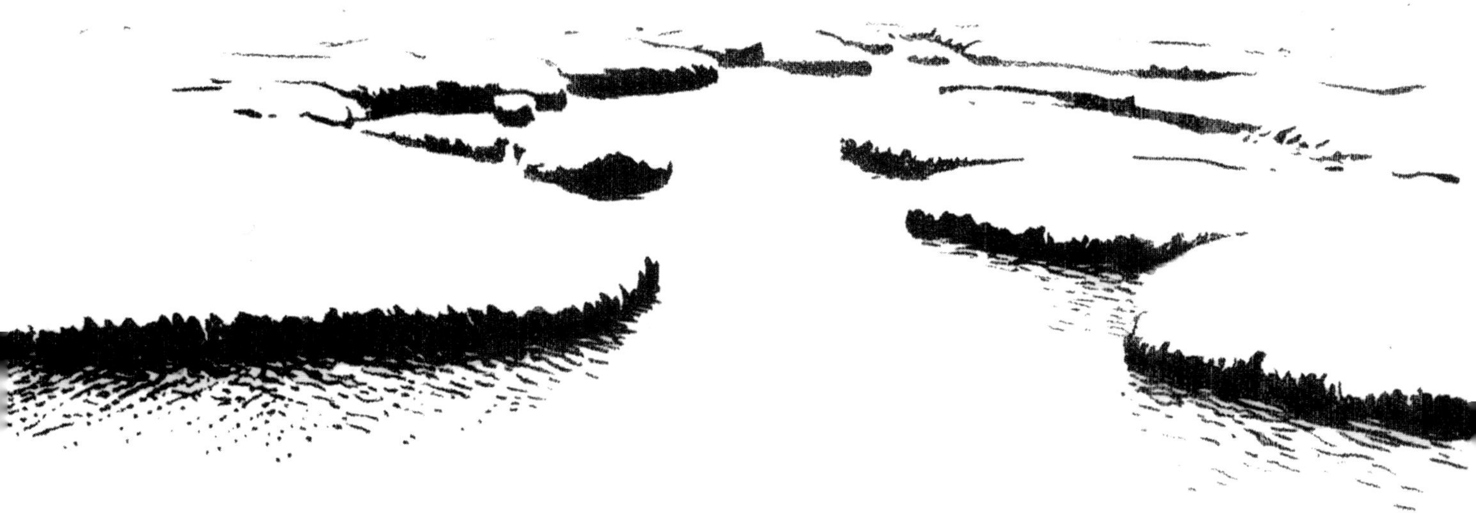

„Mehr", sä de lütt Häwelmann
bi Maandschien bi de Nacht.
Mehr will jedeen as he kann
un meent mehr Moos, mehr Macht.
Wat hest du diene Söhns noch raat
för't Leven un Marachen ?
" . . aber hüte deine Seele
vor dem Karrieremachen.
Wenn der Pöbel aller Sorte
tanzet um die goldnen Kälber,
halte fest: Du hast vom Leben
doch am Ende nur dich selber."

Un ik - lees still mien Storm-Gedicht,
dat geiht mi ganz dull rin,
in't Öller krigg't noch mehr Gewicht,
noch deeper ward sien Sinn.

Oma

Harr ik as lüttje Göör mol Pech,
meent Oma: Löppt sik allens torecht.

Weern mol werr mien Kneen opstött,
mit Schürf un Buul un Riss,
sä Oma: Bist noch nich verblött,
wer weet, woför das goot is.

Wurr mi bi't eerste Smöken slecht,
Oma harr't all vörher seggt.

Harr'k in School wat leeges daan,
Oma kunn ook dat verstahn.

Weer mit Frünnen wat in de Weg,
Oma kreeg dat werr torecht.

Man in een gräsig düüstern Stünn,
se weer all ünnergahn, de Sünn,
suustert se liesen na mi hen:
"Hör to, mien Jung, bald bin ik weg,
denn kummst ook ohne mi torecht."

Erinnerungen

Kryptisch in Gedächtnis-Truhen,
lebenslang versteckt,
halbvergessne Schätze ruhen,
bis sie mal ein 'damals' weckt
oder ein 'ach weißt du noch',
steigen dann mit goldnen Zungen
aus Spelunken wieder hoch
unsere Erinnerungen.

Uns Schlüüs

Weets noch, Fiete, an uns Schlüüs ?
De Beene leten wi bummeln.
Binnerdieks weer't lurig - lies,
man buten weer't an't grummeln.
Wat weer dat Binnenwater sööt,
schnuggelig, week un warm.
Buten kreegst du koole Fööt,
verköhlst di Hals un Darm;
denn buten huult de Blanke Hans
un rüttelt hart an't Schott,
binnerdieks dor harrn wi ganz
seeker uns tofott.

Mit 20 geeng uns Levensschlüüs
ganz wiet na buten op,
rut ut uns ool Öllernhüüs,
mit Grappen in de Kopp.
Wi deenten op verscheedne Scheep
op de groot Levenssee,
bet man sik mol wedder dreep,
bi Kaffee or bi Tee.
Wo weerst du, Fiete, in de Johren,
wi harrn uns lang nich sehen,
bi Ebb un Floot uns meist verloren,
denn jedeen swumm alleen.
Weern de Wellen mol nich so hoog,
denn kunnen wi uns noch ahnen,
over wi harrn veel to doon,
deen annerwegens wohnen.
Nu sitten wi werr an uns Schlüüs,
twee Stöcke mang de Been.
Uns Leven seggt all liesen „tschüüß“,
man schull dat allens ween ?
Uns Kinnertiet, uns heelet Leven,
Minsch, Fiete, weets du noch ?
Dat allens weer doch man jüst eben,
de eerste Piep, de eerste Toch,
de eerste Kuss, de eerste Leev,
de School, dat Rumkrakelen,
trotz welke '5' un Blaue Breef
man liekers Football spelen.
Veel Water leep all dör de Schlüüs
na buten un na binnen.
Wi sitten nu in unse Hüüs,
hebbt Tiet, uns to besinnen.

Wi plieren ook nich blots torüch,
wi kieken driest na vörn,
mit Sünn in't Hart, Wind op de Rüch
seilen wi uns letzte Törn.

PLATT – LAND

Keen Dag ohne Platt

Een Dag ohne Platt
dat heff ik mol hatt
dor föhlst di matt
dor nützt keen Bad
or sunst irgendwat.

Een Dag ohne Platt
is'n Steert ohne Katt
is'n Boom ohne Blatt
is de See ohne Watt
is'n Wag ohne Rad.

Nee, een Dag ohne Platt,
Gott bewohr mi för dat !

See - Leed

Twüschen See un gröönet Land
steiht de Diek, jüst lang de Kant,
höllt Blanke Hans an korte Keet
- man de See de singt ehr Leed.

De Maand gifft siene Takte dör
för een Stück,wat Tide heet,
dor geiht dat jümmers trüch un vör
- man de See de singt ehr Leed.

Se kleit fix an de Afbruchkant,
wöhlt Löcker, deep un breet,
man stiggt se övern bövern Rand,
denn singt ehr Leed vun Leed, veel Leed.

Kinnerfragen

Wo is de Floot bi Ebb verstaut ?
Wo is dat Blau, wenn dat nich blaut ?
Wo drieven all de Wulken her ?
Wann ward ehr Waterfatt mol leer ?

De Wind alleen de weet Bescheed,
du bruukst blots hören op sien Leed.

Man wo is he, wenn he nich weiht,
wo will he hen, wenn he mol dreiht,
wo kummt he her, wenn't puußen deit,
wo blifft he af, wenn he werr geiht ?
De Wind, ob he nu weiht or nich,
dat eene dat is kloor,
du kriggst em nienich to Gesicht,
man liekers is he dor.
Mit Oogen kannst de Wind nich sehen,
jagt liekers di dör Mark un Been
un neit di twas dör Büx un Plünn
or fiechelt sachten di an't Kinn.
De Wind is de, de in de Lüft
na jede Siet de Wulken schüfft.
He quest se dick un grau tohoop,
wat dorbi rut kummt, drippt dien Kopp.

Sodennis kummt de Wind as Spöök
af un to mol to Besöök,
meest to dull, to fröh, to laat
un nienich kriggst du em tofaat.

Radfohren in de Marsch

Sittst op Rad un bruukst nich perrn,
löttst di drieven, dankst Dien Herrn
för sun wunnerlichet Fohren
un för beide afstahend Ohren,
freist di fix, dat dat nich weiht
un allens vun alleene geiht.

So selig as hier Rad to fohren,
is höchstens noch in Sienen Goorn,
in't Paradies, so as in'n Droom,
rund um Evas Appelboom.

All de Dörpen, Kööge, Karken,
kannst di gor nich so gau marken.
An allens flüggst op Rad vörbi
as in Trance un Dröömerie.
Man wullt torüch un inne Mööt
kummt di de Nordwest - ritt de Keet !

Schaltest um in eersten Gang,
dükerst daal un meenst, dat langt,
denkst liekers, geiht de Diek bargop,
de Sweet de drüppt di vun de Kopp.
Rüchwarts kriggt dien Hemd 'n Buul,
dien Tung de hangt di twas vör't Muul.
Ut is mit de Seilerie,
beide Beene hangen wie Blie.
Weets doch: Wer sien Rad leevt, schüfft,
schuven is, wat di noch blifft
un to Foot ganz suutje gahn
na de neegste Bus or Bahn.

Mark di för de neegste Fohrt
as gooden Tipp dat Radfohrwoort:

Na baben hoolen 'n natten Finger,
dat makt de Windprobleme ringer.

Güllen Tiet

Weets noch in de „güllen Tiet“ ?
Wi weern noch lüttje Gören,
Vadder un Mudder an de Siet,
de deen uns böhren un föhren.
„Man müsste noch mal 20 sein...“
hett Willi domols sungen.
Hüüttodaags liggt di dat Leed
nu sülver op de Tung.
Erinnerst di ook an de Schiet ?
Nich allens weer man Guld.
Af un to leegst op de Siet
un welke Mol harrst Schuld.

Hier sittst du nu ganz dröög un warm,
ohne Krieg in Freeden,
ohne Fleegers un Alarm,
nu warr mol bet bescheeden.
Denk nich jümmers, wat nich is
un wat harr ween kunnt,
wat gern ween weerst, man nich büst
wat allens nich gelung.
Keem doch de Fischer siene Fruu,
mit Fluusen in de Kopp,
mit „nie genug“ un ohne Ruh
werr op ehr Pisputt rop.
Treck dorut dien eegen Lehr,
segg leever sinnig „jetzt un hier“
statt jümmers „mehr un mehr
un mehr un mehr Begehr“.

Dien güllen Tiet belevst du jüst
in dissen Oogenblick.
Dat du noch an’t Leven büst,
dat is dien gullen Glück.

Gröten, over wie ?

Deist een möten,
schullst em gröten,
over wie,
fraagst du mi.
„Een Grööt Gott“
op de Strott,
de kummt eher
sunstwo her.
Ook een „Grüezi miteinand“
klingt nich jüst na Waterkant.
Drippst du een, irgendwo,
gröttst „hallo“
oder „bye“
oder „hey“.

To’n Oldi,
hier vun’t Land
segg man „hol di“,
dat’s bekannt.
Deist em kennen,
segg „na denn“.
Geiht’t em mies,
segg nich „tschüüß“;
laad em in:
“Kiek mol rin,
kiek vörbi,
du bi mi,
ik bi di.“
Knippt sien Liev,
segg „hol di stief,
hol di fuchtig, grööt to Huus“,
heet op hoogdüütsch:
“Schönen Gruß !“
oder „holt sik, junge Lüüd“,
wat bedüüt:
„Wünsch jem wat“,
dat’s werr Platt.

Man dat allens kannst vergeten,
du musst weten,
gifft ’n Woort,
knapp un kort,
man hartlich scheun,
dat heet „m o i n“ !

„NF" lött gröten

Fohrst een Auto mit NF,
kummst di vör, as weerst de Chef.
Egal, wer dor in't Auto sitt,
mit NF-Schild warst du grött.
Jedeen treckt vör di de Hoot,
Manns- un Fruunslüüd, lütt un groot.
Överall in Stadt un Land
heevt di jedeen siene Hand.

Over fohrst an'n anner Dag
mit een anner Schild un Wag,
kennt se di opmol nich mehr,
kieken weg un na de Eer.
Keen Gröten nich un ook keen „moin",
se doon, as wenn se di nich sehen.

Mark di dat hier anne Küst,
dat du nich verwunnert büst:
Dat NF dat ward hier grött,
nich de Minsch, de binnen sitt.

Güllen Luftkurort

För allerreinste Puust dat Woort
steiht op Schild, heet „Luftkurort".
Een anner Woort geiht op de Nülle,
dat stinkt to'n Heven un heet Gülle.

Wenn nu de Gülletankwag seit,
un ook de Wind so richtig steiht,
dat't jedeen in de Nees rinweiht
un Dag un Nacht so wieder geiht,
markt jedeen Luftkurgast sofort:
Kiek an, een güllen Luftkurort !

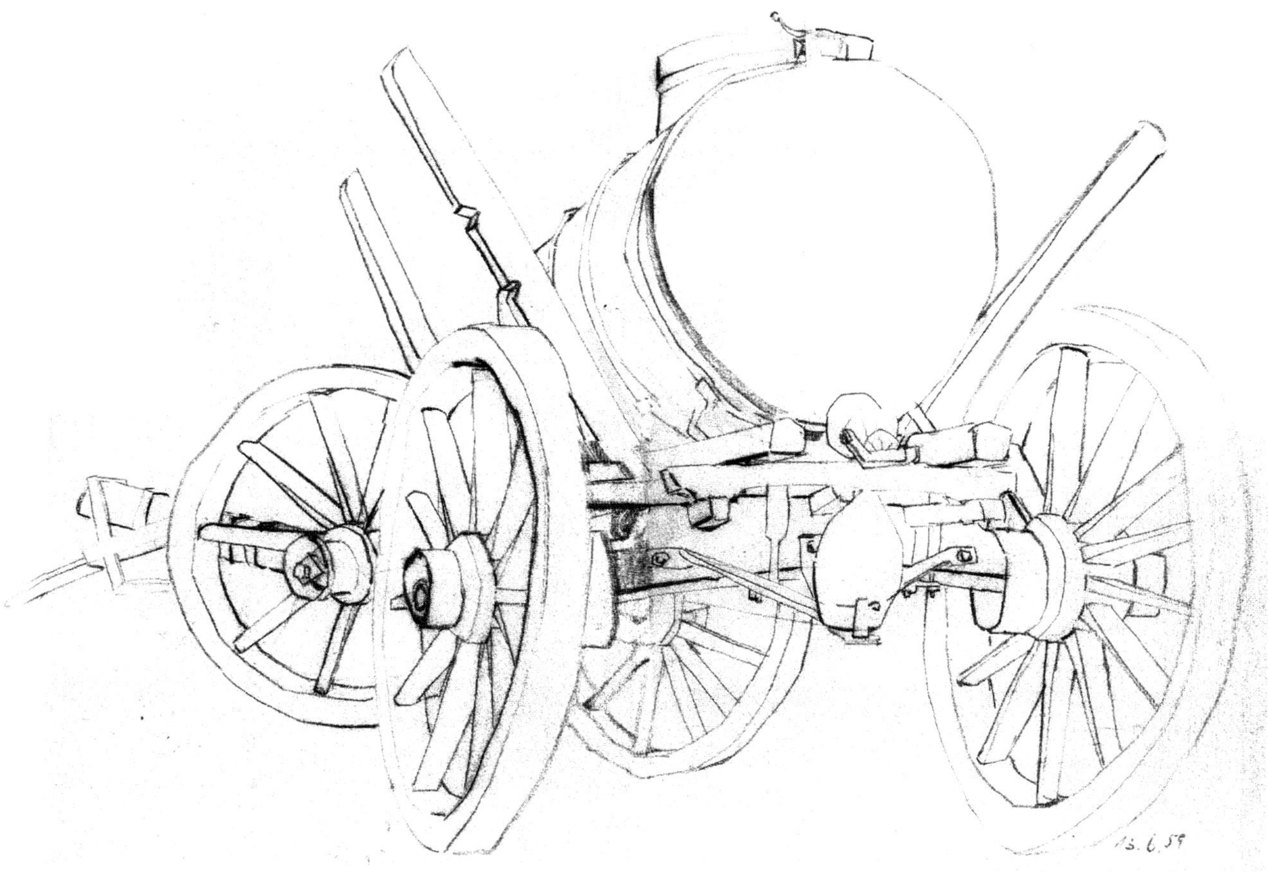

Bei einer Exkursion der HfBK nach Ritzerau im Lauenburgischen 1959

Arbeitsplatz

Föhlst di as'n Selfmade-Mann,
nimmst geern jede Arbeit an,
kriggst ook allens sülms torecht,
nimmst anner Lüüd de Arbeit weg.

Klüterst mit dien eegen Grips,
mit Doppelklever un mit Gips
allens heel un dat nich slecht,
nimmst anner Lüüd de Arbeit weg.

Püttjerst düchtig ohne Lohn,
wullt wat to Gefallen doon,
settst di in för Naverschop,
schinnerst di mit Liev un Kopp
un allens flutscht termingerecht,
nimmst anner Lüüd de Arbeit weg.

Man hest du dat Marachen satt,
de Lust verloren op irgendwat,
makst mol „fofftein", rohst di ut
un leggst di op de fule Huut,
magst di nich mehr strecken, bücken,
eegen Sweet nich länger rüken,
settst di eenfach driest bisiet,
denn deist mol wat för anner Lüüd.

De Minsch

De Minsch as Minsch is as he is,
in allgemeen o.k..
Man mennigmol makt he ook Mist
un hett een inne Tee.

De Minsch an sik is as he is,
lött sik ook nich verännern.
Dor hölpt keen Kruut un ook keen List,
bi Fruuns nich, nich bi Männern.

De Minsch an sik is düchtig klook,
nich jedeen mag dat wiesen,
man sien IQ is mehr as hoog,
meist höger as bi Müüsen.

Un ook de Minsch sien Hart is goot,
helpt Annern in em Not,
man süht de sülve Minsch mol rot,
sleit he sien Mitminsch doot.

De Minsch an sik is stubenrein
un püük, ganz ohne Twiefel,
man deit he Seep un Water scheuen,
denn rüükt he bet na Miefel.

De Minsch de is an sik as Minsch
sodennig oppe Reeg,
man is he mol vergretzt un füünsch,
denn gah em ut de Weg.

Reet

Wer lehrte dich den Pendeltanz
mit solcher Eleganz ?

Der Wind und Polyhymnia.
Sie üben mit mir Jahr für Jahr,
rhythmisch mich zu schwingen
und windgetaktet - sonderbar
noch reetselhaft zu singen.

Cosmea

Der Rose ist genug gereimt,
die ewig von der Liebe träumt.
Nun ist mal die Blume dran,
die sich sehen lassen kann,
wie sie dasteht, einfach so,
hell-pastell ganz ohne Show,
Unaufdringlich und gediegen.
Soll das etwa nicht genügen ?
Blühen Blumen nur für Nasen ?
Oder nur für Deko - Vasen ?
Cosmeas zarte Stengelei
taugt nicht zum Strauß gebunden,
doch wurzelfest und dennoch frei
wiegt sie sich windumwunden
am liebsten noch im Garten,
wo sie mit ihren zarten
Farbpailletten uns verführt
und bezaubert und brilliert.

Kantüffel

Du büst man lüttje griese Knull,
keen Fall för een Gedicht ?
De Wien besingen se as dull,
Kantüffeln eher nich.
Nu büst du dran, mien lütt Kantüffel,
ik heff di do noch leggt,
een Spitt deep mit miene Rüffel,
mit Oogen na bobm - un weg.
Dien Blöten hebbt wi nich beacht,
keen Rükelbusch ut bunden,
man nu kriggst du mit veel Bedacht
vun mi `n schönen runden.
Denn ünner dien ool bruunet Kruut
sittst du as Klumpen Guld.
Du smeckst op't best hitt ut de Putt
mit Botter un mit Solt.
Bratkantüffeln ut de Pann
as Grieben-Speck-Gericht
mir suure Gurken, Mann-o-Mann,
wat Bettres gifft dat nich.
As Salat or Beschamell
or Pellkantüffeln pur,
as Rezept sensationell
ook as Diätenkur.

Een Stück vun't Glück

Een fründlich Woort
to rechte Tiet
an'n rechten Oort,
wat dat bedüüt ?!

Een lüttje Wink,
een Teeken blots,
is een Geschenk
so as een Roos,
een Smuusterblick
is all för sik
een oordig Stück
vun't groote Glück.

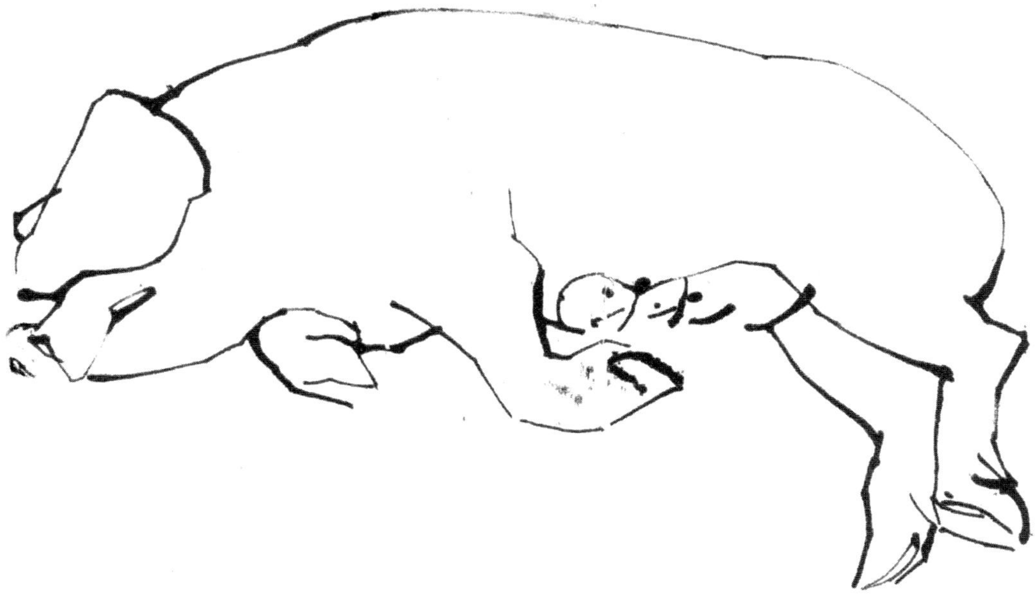

TIERISCHES

Wi Tieren

Wi Tieren tieren uns bannig af,
wovun jem Minschen leven.
Wi levern unse Saft un Kraft,
möt wi jem allens geven ?

De Eer is doch för alle dor,
för Minsch un Tier un Plant,
för dat wat levt op Feld un Floor,
in Water, Luft un Land.

Uns hört as Tieren ook uns Deel,
wat uns de Herrgott gifft,
sunst gaht wi all uns an de Kehl,
bet nix mehr överblifft.

Water

Blifft dat Water nörrn in't Watt,
warrn nich mol de Dieken natt.
Stiggt dat Water hoog an'n Diek
un blifft buten, hest du Glück.
Löppt dat over över weg,
denn hest mehr as Pech.

Seehund

Een Seehund is keen Hund,
so as he is, so rund,
over ook keen Fisch,
all eher sun Gemisch
twüschen irgendwat und dat,
beten witt un bruun un swatt.

Kiekt de Seehund na di rop,
sien Robbi-Pelzmütz oppe Kopp,
mehr quietschfideel as füünsch,
kunnst denken: Dats ’n Minsch !

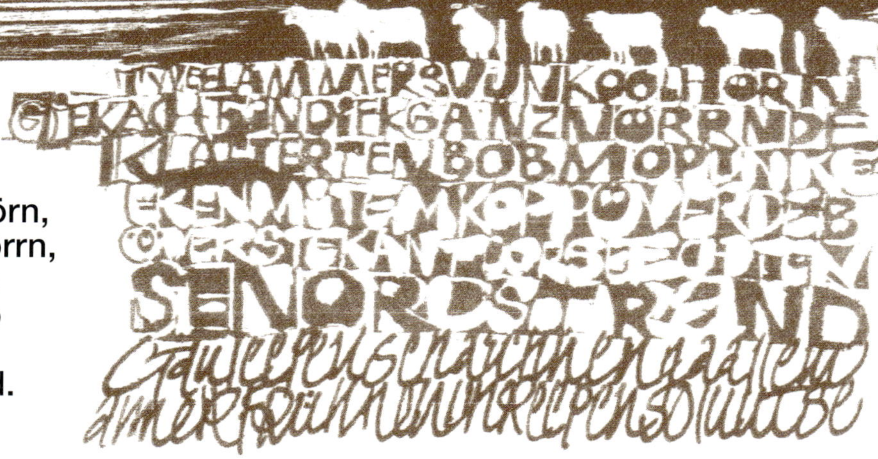

Twee Lammers vun Koolhörn,
gliek achtern Diek, ganz nörrn,
de klatterten baben rop
un keeken mit em Kopp
över de hoge Kant,
dor segen se Nordstrand.

Gau lepen se na ünnen
na all em anner Frünnen
un repen so luut se kunnen:
“Wi hebbt dor baben wat funnen,
blots bet de Hals utreckt
– Amerika entdeckt !“

Vogel - Wolken

Wie Ballett aus Wildgefieder
schaukelt eine Wolke nieder,
mit Klamaukel und Gelaber,
wie Gewaber und Geschnaber,
schwunghaft und im gleichen Takte
schweben Himmelsartefakte,
transparente Vogelfahnen,
auf und ab in Achterbahnen,
nach geheimen Schwarm-Signalen,
Gespinste in die Luft zu malen
und zu krächzen im Gedränge
ihre Regenwurm-Gesänge . . .
Und dann lichtet sich der Himmel
vom Vogel-Flatter-Flug-Gewimmel.
Zur Zwischenlandung in das Kraut
wird es nun erst richtig laut:
Stets die gleichen alten Lieder.
Nach Durchstochern der Gefieder
werden Würmer lang gezogen,
dann wird wieder abgeflogen.

Een Lamm vun Vollerwiek
wull geern mol övern Diek,
kreeg dor de Wind vun vörn,
leep leever werr na nörrn,
na Mudder anne Boss,
bi frie Logis un Kost.

Rezept:

Wie man ein Schaf zeichnet
How to draw a sheep
Wodennig du een Schaap henkriegen deist

Toeerst tekenst ’n mollig Liev,
veer Been dorünner, nich to stief
un allens, wat sun Schaap so bruukt,
neist rundumbi um sienen Buuk.
Links ünnen bummelst ’n Jüller an,
dat keeneen wat verwesseln kann.
De Kopp an’n Hals, as Steert ’n Stummel,
dorto bruukst keen Ratzefummel.

Wenn een nu seggt, dat is’n Peerd,
denn löppt noch irgendwat verkehrt.
Wenn eener meent, dat is’n Koh,
malst Köttel vun’n Schaap bito.
Tippt eener over opm Katt,
denn ännerst beter dit un dat.
Meent eener, dat is eher ’n Hund,
bruukt de villicht ’n Brill, na und ?
Seggt eener stur, dat is’n Reh,
schriffst ’n Spruchblaas mit ’n „Määh“.

Wenn keen Minsch mitkriggt, wat bedüüt,
denn stellst eenfach för de Lüüd
grootet Schild hen, dor steiht op:
“Dats ’n Tier, bedüüt ’n Schaap !“
Nu bringst allens op de Fenn
un all dat Fragen hett’n Enn.
Dor hangst dat Bild an’n Schüerpahl
un all de Lüüd de kött di mol.

Die Määäh-Maschine von Eiderstedt
dat is bi uns dat Schaap,
das täglich Deich- und Vorland määäht
und dat diekdaal, diekrop.

Dat Schaap fritt vörn, wat't freten mutt,
sett achter sik daneven
een lütten swatten Köttel-Dutt,
denn ook dat Gras will leven.

So durchläuft der Lebenskreis
von vorn den Wiederkäuer.
Wär's andersrum, dann wär der Preis
für Rheilaperlen teuer.

Walle Wattworm

Walle weer een Wattworm,
man Walle weer veel leever
de hoge dicke Ringeltoorn,
de Lüchttoorn Westerhever.

He fraagt em:„Sött wi tuuschen?"
De Toorn sä foorts: „Na kloor !"
Dor weer he vun de Puuschen
un funn dat wunnerbor.
Ut de lüttje Walle - Worm
wurr nu, du glöövst dat nich,
een root - witt - rode Ringeltoorn,
mit baben Blinkerlicht.
Kunn kieken över Dieken
bet Sylt un Helgoland,
so wiet sien Strahlers rieken
bet an de Welt ehr Rand.

Na 'n Tiet dor markt he over:
As Toorn büst ganz alleen.
Keen Fründ is dor, keen Naver,
wat weer dat fröher scheun!
Mit Schnecken, Poorn, Muscheln
kunn Walle fröher spelen,
mit anner Würmers kuscheln,
mit annern allens delen.
Nu kann he blots noch wenen,
twee mol an'n Dag so dull,
dat kannst an't Water sehen,
denn löppt dat Vörland vull.
As Toorn schienst du so mächtig,
warst filmt un fotgrafeert,
man liekers, överlegg di,
wat disse Story lehrt.

Brüchen - Landschop

Wat weer dat doch'n schööne Tiet,
as Eiderstedt noch leeg bisiet.
Rundumbi de hoge Diek,
so bleev man mesttiets ünner sik.

De Brüch bi Friestadt de weer all
de eerste groote Sündenfall.
Denn de bi Tönn un de bi Katen
de muss man sik gefallen laten.

Nu kunn in't Land hier jedeen rin,
de Landschop drohte ehr Ruin.
Dor harrn so welke an to kauen,
to so veel frischet Bloot verdauen.

Opschoonst - deist di dat recht bekieken,
sun poor Hamborgers, de rieken,
wenn se hier ehr Moos afladen,
de kött je eegentlich nix schaden.
Dot se de Hüüser restaureren,
mit frischet Reit un Klönsnackdören,
wat gifft dat dorbi to verleren ?
Un wenn se denn noch sülms in wohnen,
denn bruukt se gor nich mehr to gahn.
Nu blots nich noch 'n veerte Brüch,
sunst fohren se dor op noch torüch.

P.S.
Ook Sankt Peter hett'n Brüch,
man löppst dor röver, musst torüch.
Wat dorvun hest? Een platte Strand,
een wiede Kiek anne Welt ehr Rand,
een na't Water, een na't Land
- un beide Schoh vull Krömelsand.

ZEIT & ZEITEN

Ohn - Ton - Tiet

Fröher kroop de Tiet
in Johren, Weeken, Stunnen.
Hüüttodaags düüst se vörbi
in dusendstel Sekunnen.

Domols swung de Perpendikel
mit twee Gewichte - tick un tack -
un de Ziffernblattvehikel
röhrten sik knapp vun de Plack.

Mol geeng de Klock ’n lütt bet gauer,
mol nöölte se, bleef ook mol stahn,
denn wurr se stellt, geeng bet genauer,
man wat se doon schull, hett se daan.

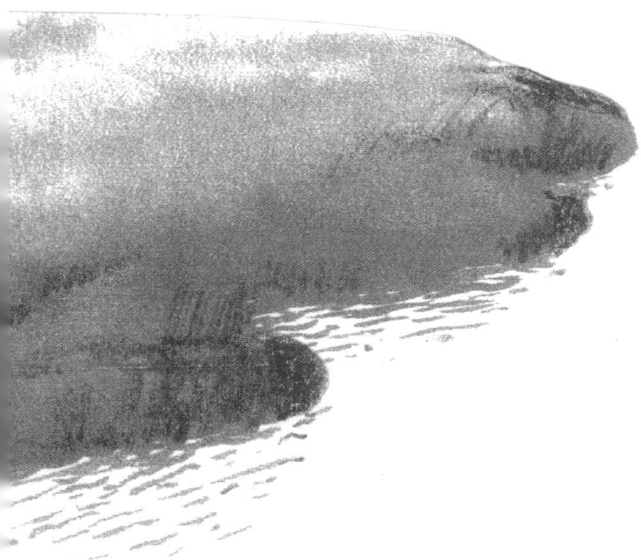

Hüüt kummt de Tiet ut Caesium
as Swingungselement,
ut Neon un ut Helium,
nehm an, wiel dat nich brennt.
Nu tickt un tackt de Tiet nich mehr,
inne Eck, anne Wand, op Bord.
Nu geiht de Tiet ohn Ton tokehr,
is jümmers veel to kort..

Woneem du hen kiekst, bobm or nerrn,
se löppt di wiet vörut,
kannst se nich inhalen, sehen or hören,
ohn Mucks neit se di ut.

Landrötts Welt-Karrieer

Een Landrött vun de Marn
(liggt gliek achter Garrn)
wull'n Waterrött warrn
un denn över't Meer
för'n Weltkarrieer.
Veel Geld wull se hemm,
lehrte dükern un swemmen,
halte Luft un sprung af
vun de Warft inne Graft.

Se seeg over leider
nich mol de Eider.
Se keem man bet Welt,
dor kreeg se vertellt:
"Een Welt- Karrieer ?
In Welt büst du hier.
Un dat Water in Katen
kriggst nich mehr tofaten,
de Floot is all weg,
dor hest du man Pech."

Nich allens kann's hemm,
dacht de Landrött bi't Swemmen
un kroop werr an'n Rand
to Foot övert Land,
torüch na de Marn,
op ehr Warft, achter Garrn.

Hund un Kater as Psychater

Fröher harrn se Kinner,
hüüt lopen se mit Hunnen
de Straten rop un rünner,
jeden Dag em Runnen.

Fröher hebbt sik drapen,
tosamen seten, klöönt,
miteenanner sapen,
sik streden, sik versöhnt.

Domols weern noch Katten
to jagen för de Müüs,
de Hunnen för de Rötten,
noch nich för inne Hüüs.
Man nu, een poor Johr later
hett jedeen Katt un Hund
as Therapie-Psychater
un blifft as Minsch gesund.

De Doktor - med - Psychater,
de is nu bald passe'.
De bruukt nu sülms 'n Kater
un op de Couch liggt he.

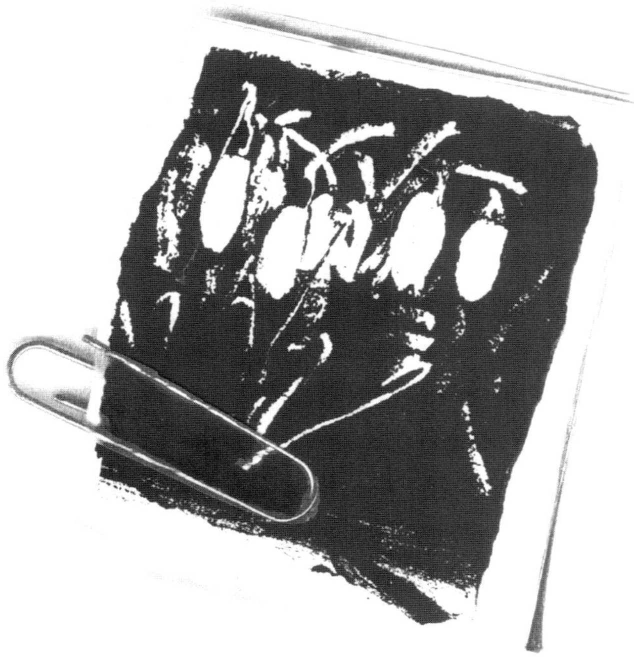

Glaube an Schneeglöckchen

Mir raunte schon der Herbst ins Ohr
mit Spinnenwebenharfen
und Chrysanthemendoldenflor
den Winter zu entlarven.
Noch föhnt die Lindenblätter mir
gelinder Wind entgegen,
als gelte es, im Herbstrevier
den Sommer auszufegen.
Doch schon schrumpft sich die Flora platt,
neigt bucklig sich zu Boden
und röchelt heiser Blatt für Blatt
Memento-mori-Oden.
Vorbei du Blütenprächtigkeit,
entflort, entgrünt, entlaubt.
Wohl dem, der selbst in dieser Zeit
an Schneeglöckchen noch glaubt.

Unser Leben

Hinter dir ein Stoppelfeld,
vorn noch ein paar Ähren.
Sie lassen sich mit keinem Geld
um eine nur vermehren.

Ein Licht

Kleine Stadt auf grünem Flies,
in Marsch auf Sand gebaut,
immer wieder und nur dies:
Wie bist du mir vertraut.

Du dickes Buch aus Kindertagen,
in dem ich alle fand,
die Antworten auf Kinderfragen
zu meinem Märchen-Land.

Zarte Irgendwie-Gefühle
von „hier gehörst du hin“,
du buntes Grau, du warme Kühle
mit rätselhaftem Sinn.

Ein Buckel nur am Horizont
bist du aus ferner Sicht,
doch Zuflucht vor der Schauerfront,
bei Dunkelheit ein Licht.

Noch - Schon - Zeit

Noch sommert es
noch sonnt im Sand der Seehund seine Wampe
noch flimmert es
ertränkt orange die See die alte Lampe
noch blüht es
hält manch Licht dem Dunkel die Balance
doch schon zerrinnt es
das Leuchten aus den Blumendolden
und nun beginnt es
aus grün wird ocker, gelb und golden
und schon - du spürst es -
impft Kühle dir die Blässe in die Haut
und schon wird leiser, was vordem noch laut
und doch
noch sommert es
noch widerstehen rosa Gladiolen
nur hinter ihnen mahnt sie unverhohlen
die späte Aster
mit dem Farbenrest
zum allerletzten Blütenfest.
Einmal noch kann die Feier steigen
dann heißt es: Welken, Weichen, Schweigen . . .

Jüst jetzt

Das „hinter-dir“ ist längst vorbei,
das “eben“ war erst heut,
nur „jetzt und hier“ ist deine Zeit,
ein Wimpernschlag noch frei.
Jüst „nu“ is jetzt,
dornah kummt „gliek“
un „gliek“ gifft gliek nich mehr,
un wenn du noch so gau di hetzt,
bald kiekst du in de Röhr.
An’t anner Enn vun de dor Röhr
liggt dien verleegen Leven.
Opmol is allens weg un leer,
as harr’t dor nix vun geven.

Wenn so old büst

as du utsühst
un du mitkkriggst,
wat hier los is,
in de Welt,
dat blots Geld
is, wat tellt,
wenn du allens
dat kapeerst,
denn krepeerst.
Büst so wiet,
dat man süht
du hest lehrt,
wat passeert
un hest all't,
wat gefallt,
ünner'n Hoot,
büst all doot.
Hungst du veel
an de Buddel,
weer dien Leven
Kuddelmuddel,
to veel smöökt,
to veel eten
un ook sunst
nix to retten,
mau bi Kass,
slecht topass,
bittst in't Gras.
Man büst jung,
dull in Swung,
hest mol Pech,
büst liekers weg.
Büst du denn
na dien Enn
ünner Eer,
na dree Maand,
ungefähr,
kriggst 'n Steen
op de Kopp,
baben rop.
Steihst denn vör
de groote Döör,
hest in't Ohr
de Engelchor,
denn büst dor.
Büst du dran,
klopp man an
un segg „moin",
dat ward Petrus freuen.
Wenn he hört,
du kummst rop
ganz ut Everschop,
snackt he glatt
mit di Platt,
lött di rin,
laad di in,
mit to singen,
singst vun't Blatt,
allens op Platt
vullet Rohr
as Tenor
in sien Engelchor.

Fünfte Jahreszeit

Ein roter Sommer neigt sich pink
dem Ocker-Gold entgegen.
Ein letzter bleicher Fletterling
vertorkelt sich im Regen.
Ein Funkeln noch, dann ist nichts mehr,
wie es noch vordem war.
Die Chrysanthemen - farbenleer,
schon aller Düfte bar.

Wohin also mein Fletterling,
wohin im Herbst noch fliegen ?
Wo doch von nun an dort und hier
nur fahle Blätter liegen.

Dien Levensklock

Bild di nix in, mak di nix vör,
wat tickt, is nicht de Klock,
is ook keen Slag vun buterdöör,
sleit ünnern eegen Rock .
Dien eegen Tiet is, wat dor loppt,
büst sülms dat Zifferblatt,
man wenn mol beide Zeigers stoppt,
hest diene Tiet all hatt.

alt ?

Dass es ein Glück ist, klein zu sein,
das sieht der Mensch als Kind nicht ein.
Er möchte, dass er ungefähr
so 17 oder 18 wär.
Doch hat die 20 er geschafft,
erscheint ihm 30 grauenhaft.
Und dann, mit 40, welche Wende,
bei 50 droht ja schon das Ende.
Erstmals schaut der Mensch zurück:
Vergoldet liegt das Jugendglück.
Und nun, mit 50, ohne Sinn,
dehnt er das Alter vor sich hin.
Das „junge Alter" wird erfunden,
sowie die 60er sich runden.
65 noch passabel
70 erst scheint miserabel.
Und wie ein Jahr ab jetzt zerrinnt!
Ein Wettlauf mit der Zeit beginnt.
Erstmals stellt sich Demut ein
und Dankbarkeit, sogar Verzeihen.
Auch Sehnsucht nach der guten Zeit:
„Weißt du noch, das Hochzeitskleid?"
Mit 80 hofft der Mensch ganz still,
er würd 90, so Gott will.
Und wer die 90 dann erlebt,
gläubig nach der 100 strebt.
Im Fernsehen werden sie bewundert:
Seht her, wer wird da alles 100.
Vegetarier noch älter,
Hoch lebe der Salat - Prost Selter!

Um de Eck brochte Levenstiet

Nix ward so oftins massakreert,
as Tiet, as Levenstiet.
Un keeneen markt, wenn dat passeert,
du sühst keen Sarg, keen Liek.
Bi Dootslaag kummst du achter Sloot,
dat musst as Mörder dregen,
man haust dien Levenstiet sülms doot,
hett keeneen wat dagegen.

Uns Dieken

All snacken vun de Kölner Dom,
ik snack vun unse Dieken;
de recken nich so wiet na bobm,
man wieder doon se rieken.

Buut sind se ut Klei un Kies
un liekers Archtektur.
Jan Rollwag hett de Buern dat wiest,
een Schuvkarr-Hochkultur.

Dit Buwark, kannst mi globen,
höllt mehr as dusend Johr,
veel länger as de dore Dom
stahn disse Dieken dor.

Um 90 Kööge Marschenland
löppt unse Butendiek,
op brede Foot mit schrege Kant,
in Höchte jümmers gliek.

Laat annern man em hoge Kark,
de is se ook to gönnen.
Wi hebbt uns Diek vun Simonsbarg
rundum bet hen na Tönn.

Seepenblasen

Weets noch in de Kinnertiet?
De Seepenblasen flogen.
Vun di to mi,
na jede Siet,
Ballons ut Regenbogen.

Sühst du noch de Blasen danzen?
So blank, so glitzerhaft.
In alle Farven un in ganzen
Kugeln ut mien Seepensaft.

Se dreven hoog, de Sünn entgegen,
de eersten platzten twei;
wo wie t se kemen, wo hoog se stegen,
weer uns nich eenerlei.

Wenn eener sun Blas tofaten kreeg
un se bleev liekers heel,
denn weer de Stimmung op de Reeg,
denn geev't Gejuch, Krakeel.

Denn seilte se bilütten daal
un jümmers mehr geeng twei.
De groten fullen op Dack un Pahl,
de lütten in de Klei.

Op een mol weer denn allens weg,
een Spöök? Een Droom? Passé !
Jüst as dat Leven un ik segg:
"Seepenblasen-Tiet . . . ade !"

Ik bün noch dor

Ik bün nu weg, man noch nich doot,
ik bün man een Döör wieder.
De is man lüttjet Enn to Foot
un blots 'n poor Foot sieder.

Mien Levensschipp dat kreeg een Leck
un sett sik op de Grund.
Bin noch an Bord, man nich an Deck
un hoop, du büst gesund.

Ik bün noch dor, ganz neeg bi di,
ik wesselt blots de Rüüme
un wenn di mol verlangt na mi,
gah ik dör diene Drööme.

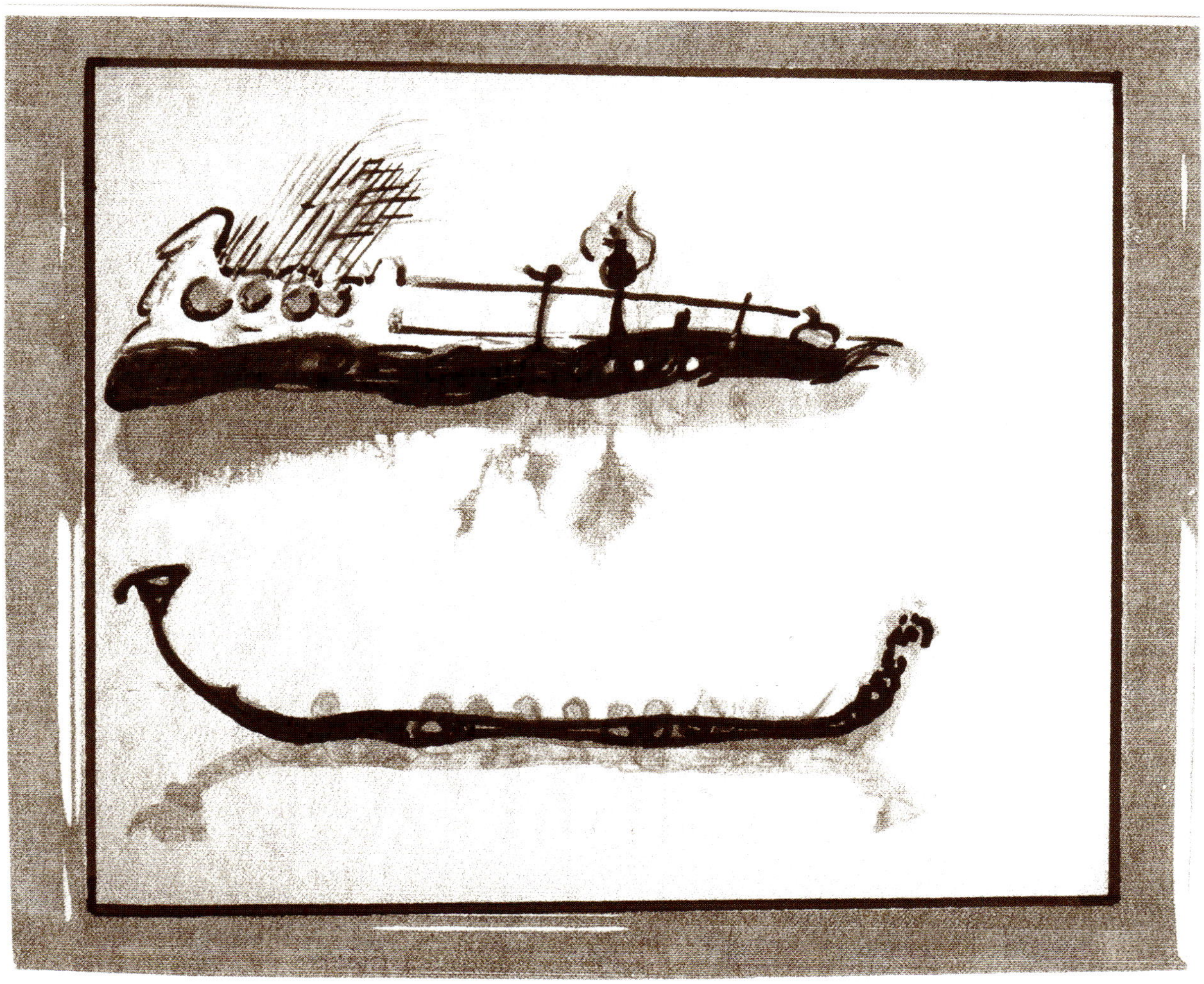

. . . UND AUSSERDEM

Ik lyr

Weets wat Lyrik is? Ik nich.
Fröher wurr se riemelt.
So ähnlich as'n Schoolgedicht,
blots bet mehr verswiemelt.

Man hüüttodaags lyrt sik dat nee,
nix riemelt mehr an't End.
Schriffst nu de Wörters frank un free,
liggst vull in Lyrik-Trend.

Ook Maandschien is nu nich mehr dat,
woans dat eenmol weer;
all de Maandraketenschrott
gifft nix för Lyrik her.

Lyrik - Larik - Lepelsteel,
du arme Häwelmann.
Wovun dröömt nu dien lüttje Seel
bi Maandschien dann un wann ?

Lyr ik mien Lyrik vör mi hen,
meest duurt 'n Oogenblick,
schwuppdiwupp, he geiht, un denn
kummt tohoop de Lyr- un ik.

Das große Blau

Wolkenberge bahnen,
wie Gedanken von Titanen,
zur Tageshimmelschau
sich ihren Weg ins große Blau.

Niemand weiß, woher sie kamen,
ob aus alten Shakespeare-Dramen,
ob aus Betten von Frau Holle,
watteweiße Wasserwolle.

Doch wie am Lineal gezogen,
kommen Düsenjets geflogen,
Touris oder Bundeswehr,
streichen alles kreuz und quer.

Dahin Gedanken an Titanen
und auch das Frau-Holle-Ahnen.
Nur noch Klimawexelei
und die Angst vor CO_2.

Stille lichte Duusternis

Still mutt ween un duustern,
an'n Avend, bi de Nacht,
denn is dien Seel an't lustern
un blifft in Droom noch wach.

Still mutt ween un düüstern,
denn kannst di kennenlehren,
wat eegens utklamüstern,
för di wat spekuleren.

Still mutt ween un düüstern,
denn bemöötst di ganz alleen,
keeneen kann di wat püstern,
bi't gruveln, drömen, wenen.

Un hest du se tofaten,
deep binn, dien eegen Seel,
deit di de Biesternis verlaten
un allens ward hillig-hell.

Vun dusent Watt un Sünnenschien
sind disse Strahlen nich.
Man still un duuster mutt dat sien,
denn lücht dien eegen Licht.

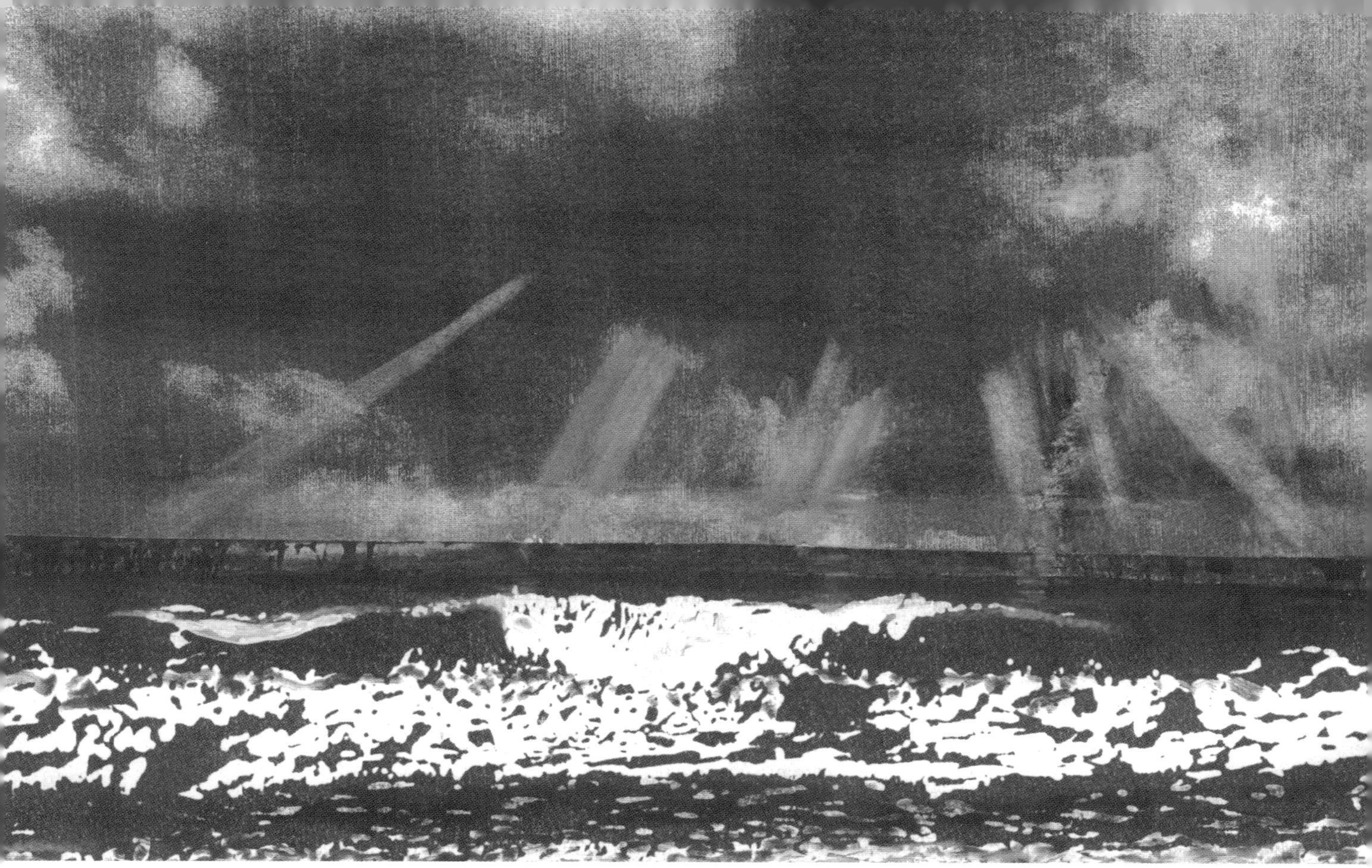

Nordsee - Küsten - Partituren

Auf Marschen- wie auf Wattenfluren,
vor und hinter Deichen,
klingen Küsten-Partituren
- ein Rauschen ohnegleichen.

Das Openair- und Endlosstück
heißt „Land- und Himmelschaft“,
von allen Plätzen freier Blick,
- Akustik zauberhaft.

Erster Satz: Der Brandungschor
vorm Meereshorizont.
Den Rhythmus geben Wellen vor
- die Takte nur der Mond.

Wogen faltet hin und her
die Quetschkommodika
mit La Paloma übers Meer
- bis Großbritannia.

Doch setzen schwere Wetter ein,
dann platzen alle Pfeifen.
Statt Melodien von Schalmeien
- nur Donnern, Brüllen, Keifen.

Und kommt es Dunkel von Nordwest,
mit Trommeln und Trompeten,
dann droht der Ohren-Härtetest
- wie Starts von Mondraketen.

Diene Flögel

De See kannst nich bemöten,
man swemmen kannst du lehren.
De Störm leggst nich in Ketten,
man seilen kannst proberen.

De Sünn kannst nich verdüstern,
de Regen nich verbannen,
man beiden kannst wat püstern
un di een Schirm opspannen.

Bi Wind sett man dien Segel,
ook wenn keen Skipper büst.
Dien Gloov an di gifft Flögel,
de Flögel sind dien Nest.

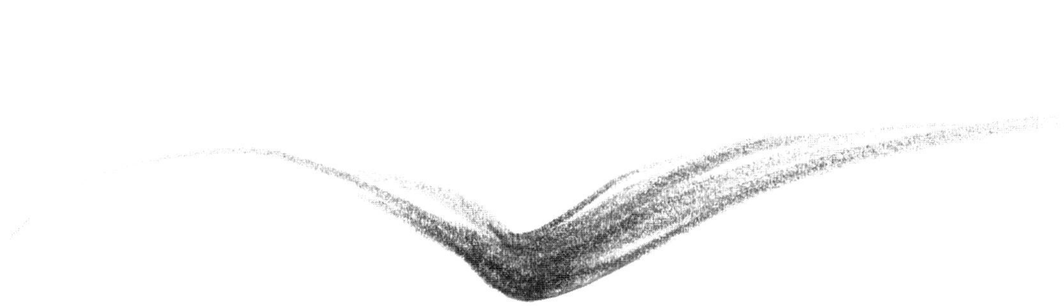

Die Boje

Wasserringe
ringsumher,
die Boje
mittendrin
Dümpel-
torkelnd,
innen leer,
so schwappt
sie her und hin.
Rausgeputzt und aufgebläht,
knallbonbonig schrill,
leuchtstofffarbig und sie dreht
sich , wie das Wasser will.
Und zieht der Mond die Tide auf,
passt sie sich dienernd an,
folgt der Flut in ihrem Lauf
und streckt sich, wie sie kann.
Bei Hochflut bleibt sie gerne stehen,
bei Ebbe fängt sie an,
sich einmal um sich selbst zu drehen,
wie's nur die B o j e kann.
Denn nun ist Abfahrt angesagt,
es schlürfen alle Priele.
Der Boje ist es recht, sie mag
solche Wendehalsgefühle.
Innen hohl, nach außen Glanz,
so schwimmt sie immer oben
und sei es auch mit Firlefanz
oder Designerroben.

Derlei Bojen gibt es nicht
nur außerhalb von Dünen.
Sie drehen sich auch im Rampenlicht
auf den Gesellschaftsbühnen.

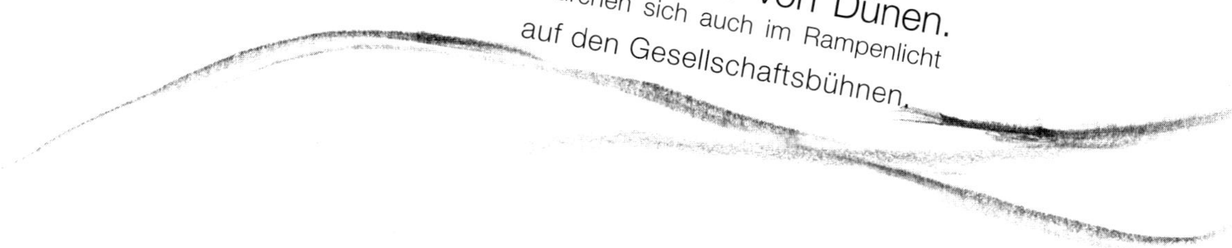

Dat Porträt

Een König wull vör lange Tieden
een Ölporträt vun sik.
Man he much sik sülms nich lieden,
weer eenoogig un buckelig.

De Künstler malte ehrlich
de König as her weer;
he wuss nich, wie gefährlich
de König geeng tokehr.
Sien Henker hett de Maler
an'n sülven Dag ophung.
Dat Oordeel för sien Dood weer:
"Majestätsbeleidigung".

Nu schull een Kunstprofesser
an disse Opdraag ran;
he pinselte sien König
as Beau, as smucken Mann.

De over schree verdammi luut:
"Wer schall de Kirl denn sien,
heff ik sun parfümeerte Snuut?
De Smeerkram ma'k nich sehn.
De makt sik lustig över mi,
ik will vun mi een Bild
un nich een Honnigsliemerie,
de Minsch ward hüüt noch killt !"

De dritte Künstler trook belehrt
sik plietsch ut de Affair:
He sett de König op sien Peerd,
in Anslaag sien Gewehr.
So kunn sien Buckel bucklig sien,
sien Oog kneep he je to,
de König kunn sik super finnen,
de Künstler ebenso.
De wurr nu berühmt as keen,
bewunnert för sien Plie.
Dat Porträt kannst hüüt noch sehen
in „The Royal Academy".

Droom

Jüst harr ik een schööne Droom
ut ole Kinnertiet:
Ik seet ünner mien Wiechelboom,
as do - as lüttje Briet.
Dor dööst ik geern so vör mi hen,
kunn drömen, spekuleren,
half bi Sinnen, half an't pennen,
inne Kopp 'n lüttje Deern.

De Boom stunn anne Grovenkant,
de Twiegen hungen daal,
bet an de blanke Waterrand
un binn seeg ik opmol
een lüttje Deern mit langet Hoor
un Sünnstrahlen in't Gesicht.
Woans de rin keem in dat dor
Water? Nee, dat weet ik nich.
Se fiechelt mi wat lang de Been,
ik harr mi meist verfehrt.
Opschoonst wi weern je ganz alleen,
sunst harr'k mi bet jeneert.

Nadüssen dacht ik, haal se man
dor ut dat Water rut
un wull ehr striekeln mit de Hand
un streckt mien Arm wiet ut.
Knapp harr'k dat Water man beröhrt,
schwupp - weer allens in Dutt
Irgendwat leep wohl verkehrt,
mien schööne Droom weer ut.

As olen Kirl keem ik torüch,
de Droom leet mi keen Ruh.
De Boom is weg, de Groov is dröög.
De Droom ? Is lang mien Fruu.

Afstrakte Kunst

Reale Kunst makt nix verkehrt
allens is dor, wo't hengehört.
Bi sun Bild sühst överall,
wat dit un dat bedüden schall,
wenn nix to veel is un nix fehlt,
so as in bekannte Welt.
Tom Bispill:
Wenn Mona Lisa lütt bet grient
un jedeen antokieken schient,
denn steiht sun Bild in hoge Gunst
all sind eenig: Dat is Kunst !

Anners bi afstrakte Saken.
Sun Bild kann doch jeder maken !
Dat malt mien lüttje Enkel di
veel beter as sun Smeererie.
Toeerst makst mol 'n groten Plack,
eenfach ut'n Putt mit Lack.
Op't best fangst an mit Rot,
dat fallt in't Oog, makt Moot.
Denn quälst 'n Quast bet hen un her,
nimmst vun dat Blau 'n lütt bet mehr
un drüppelst wat vun baben na ünn,
as Mischung hest denn lila binn.
Daneben gröön, so as Kontrast,
denn is de Kunst all fardig - fast.
Dien Bild kippst nu noch natt in natt,
twas oppe Kopp - dat bringt noch wat.
De Smeerkram mutt nu noch verlopen,
denn kannst em as „afstrakt“ verkopen.

Tom Sluss kummt noch in't Farvgewöhl
een swatte Strich, mit veel Geföhl,
vigeliensch in Dickde un Läng,
hen haut mit sun Schisslaweng.
Denn stellst dat noch 'n Wuch in Regen,
Waterschlauch kann't ook verdregen.
Nu blots noch um dat dore Bild
een düre Rahmen mit'n Schild:

“Komposition mit Strich und Fleck
10 000 Euro, bar oder Scheck.“

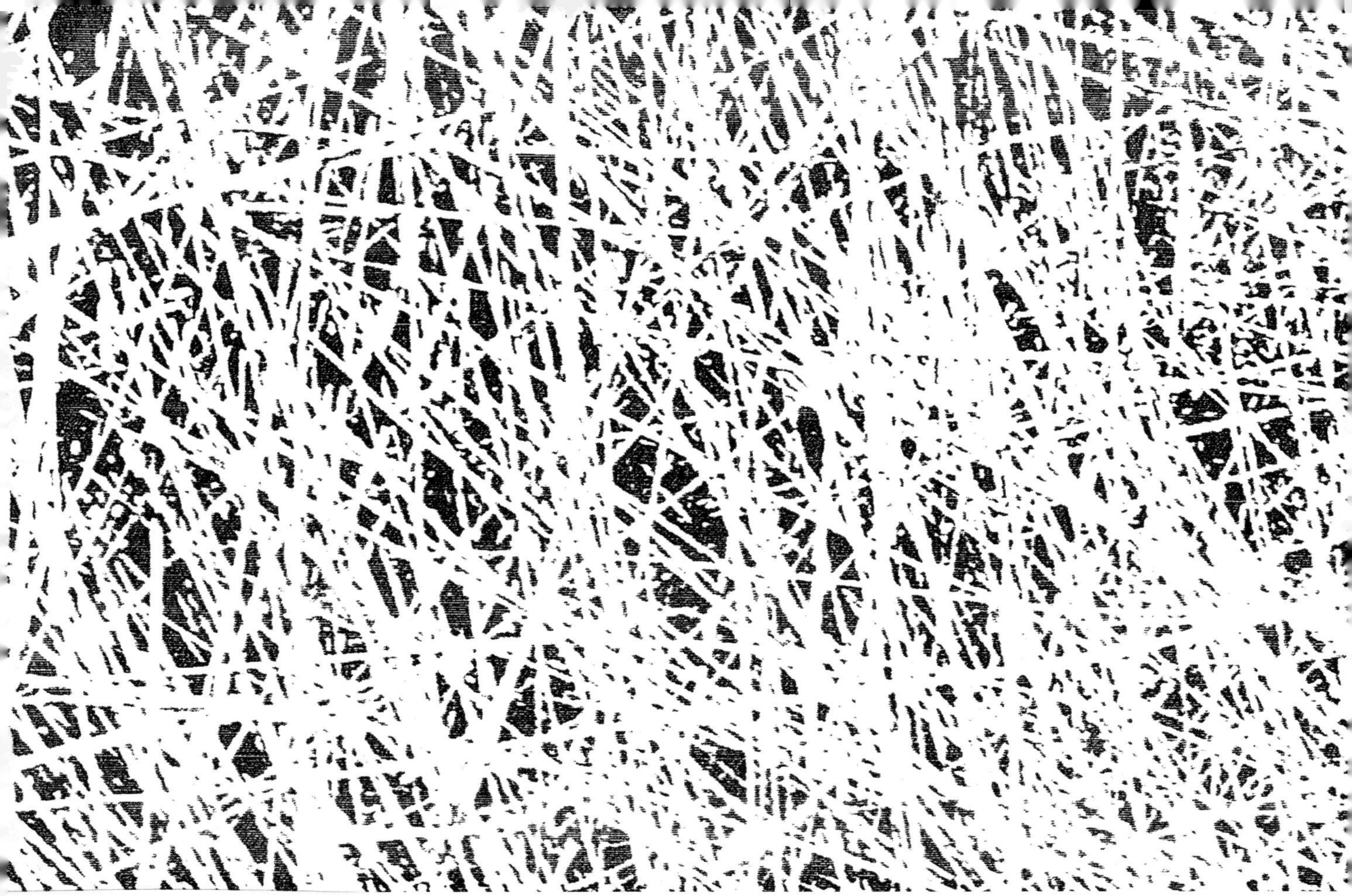

Gras - Lyrik

De Stängel vun dat Gras,
de is bös inne Brass,
de schrifft sik nu mit „ä“,
as „äh“ un „bääh“ un „blääh“.

De Stängel kann sik trösten,
dat mit dat „ä“ duurt höchstens
een um anner Johr,
denn is sien „e“ werr dor,
hett denn werr achter „t“
sien olet Stengel - „e“.
Denn hangen an all de Stengels
werr luder lüttje „engels“.

Kunst & Wirklichkeit

Was in ihm wirkt, verhüllt
ein Bild.
Der Vers verschweigt,
was Wirkung zeugt.
Musik verbirgt in Klang und Zeit
ihre eigne Wirklichkeit.

Lyrik

Komma, Semikolon, Punkt,
dazwischen Konsonanten
mit Vokalen, eingetunkt
in Rhythmen, falls vorhanden.

So wörteln sich die Strophen hin,
mitunter Katastrophen,
poetisieren Hintersinn,
wenn nicht - ab in den Ofen.

Die Lyra lyrt nur, wen sie mag,
nicht jeder lässt sich lyren
und sowieso nicht jeden Tag
von Lyrelei verführen.

Uns „Spezialitätenmarkt“

Fröher weer nich bi de Kark
de „Spezialitätenmarkt“.
De stunn in eegen Keller,
as Weckglöös, Buddeln, Teller.

Eenmol noch de Weckglöös sehen
op Mudders Kellerbord
un een verschnuddeln - ganz alleen,
an mien versteckten Ort.

De Glöös mit Erd- un Stickelbeeren
de tövten doch blots drop,
se gliek un gau hier to vertehren,
Weckring af - un hopp.
Un denn de Buddeln Himbeersaft,
Minsch - dor fohrten wi op af.
Sogor een Glas mit Appelmus
weer för uns 'n groote Schmuus.
Man de Glöös mit Williams Christ
stunnen ganz baben op't Gerüst,
dor kemen wi nich ran as Gören,
ganz anners as bet wieder nörrn:
Arfen, Bohnen, suure Rippen,
Leverwuss un Suurkruut
de stunnen ünnen, licht to griepen,
man de nehmen wi nich rut.

Eenmol noch'n Putt utlecken,
Vanillesoß or rode Grütt;
mit Fingers keemst in alle Ecken,
mit de Tung weer't oft to hitt.
Noch eenmol „Zucker-Ei“ anröhren,
sun Ei-Schuum-Sleckerie.
Man eens dat dee dorto gehören:
Drüpp Rum - de hört dorbi !
Noch eenmol „dicke Melk“ ansetten,
makt nix, wenn bet Stöff op liggt,
mit poor Krömel Brot opeten,
Minsch, wat weer dat för'n Gedicht.

Un eenmol noch sülvst Buntjes maken,
geele Rohm rin inne Pann ,
denn harrst sun sööten, bruunen Brocken,
wat meenst, o'k dat noch kann ?

De Lesung

Weets du, wat sun Schrieversmann
dör de Kopp geiht dit Momang,
wo he miteenst wat lesen mutt,
sien eegen Riemels opm Dutt ?
Man goot, he is nich ganz alleen,
sien lüttje Hund sitt mang de Been.

Hebbt de Lüüd em Stöhle funnen,
kiekt de Poet mol in de Runn,
tövt noch wat un lütt bet later
nippt he an sien Glas mit Water,
striekelt Hund un siene Stirn
mit dat groote Denkerhirn,
kiekt nochmol vun baben daal
in de lang nich vulle Saal.
De eerste Reeg is noch wat leer,
kann je ween, dor kummt noch wer.
Tweete Reeg is tämlich vull,
de dritte woller nich so dull.
De Restsaal is man dünn besett,
as sik vun hier ut sehen lött.

De Dööր geiht nochmol op ganz luut,
rin kummt keen, man twee gahn rut.
De söken de Kasseererin,
de is bides man nich mehr binn.

De Dichter denkt sik: Nu man ran,
eh noch een rut geiht, fang man an.
Un leggt nu denn ook endlich los,
man in de Hals steckt em een Kloß.
Gau noch lütt Schluck Water her,
denn geiht he bannig fix tokehr:

„Moin, mien leeve Herren un Damen,
west mi hartli all willkamen . . .“
. . . un so wieder un so lang
mit'n Stimm as weer't Gesang.
Un all sien Verse riemeln sik
jümmers achtern , wat'n Glück;
denn een Riemel, de nich riemelt,
blifft as Riemel bös verswiemelt
un wat sik nich riemeln lött,
is as Riemel inne Grütt.

So treckt de Riemelie sik hen
un duurt un duurt 'n heele Stünn.
Belohnt ward allens in de Paus
vör Sekt un Selters mit Applaus.
Un na de Paus dor gifft noch mehr,
man - de Saal de is meist leer.
Veele vun de Herren un Damen
sind na de Paus nich wollerkamen.
„Lyrik is, wat nix mehr gelt“,
denkt de Poet un is vergrellt.

Blots de Schrieversmann sien Hund
hölt to em, trotz de Minschen-
schwund.
Dat Tier kiekt sienen Meister an,
as blots een Hund so kieken kann.
De grooten Oogen, true Blick
süht de Poet un tröstet sik.
De Köter jault em een Gesang
un leckt sien Herrn de Hand as Dank.

Dorum hemm Dichter Hunnen geern,
villicht is dat „de Pudels Kern“ !

Martje Flohrs

10 Johr weer Martje 1700
un jedeen de dat hört, de wunnert
sik över dat, wat do passeert
bithuus in Katharinenheerd:
Swedische Soldaaten
de gungen dor bös tokehr,
wat se harrn tofaten,
freten un sopen se leer.

Dor nehm dat lüttje Mäken
ehr Glas mit veel Kuraasch,
de Offizieren keken
mit dattrige Visaasch.
De Deern se heevt ehr Beker
so modig, driest un tage
un sä ganz stolt un seker:

„Et gah uns wol op unse olen Dage !"

Biike - Ghosters

Noch kiekt de Sneemann dör de Boom
ut siene witte Kutt.
Man blots een lüttje geele Bloom
pliert ut de Snee herut.
Disse Tiet mutt jedeen töven,
veel Geduld is nu de Pries,
denn Biike-Ghosters, dree mol söben,
zaubern Finsterblööm ut Ies.
Biike - Füer, wies uns dat Leven,
jag de Ghosters övern Diek !
Diene Flammen an düstern Heven,
de verdrieven disse Süük.
Lichterloohet Biike-Brennen,
nee, dat mögt de Beester nich.
Över Grovens, Watt un Fennen
neien se ut vör so veel Licht.
Ik bä di, Biike, gah nich ut
un bliev hier an de Küst,
hool se inne Glöös dien Glut,
bet bi uns werr Fröhjohr is.

that’s Jazz

Nix gegen „rock“ un „heavy metal“,
ook Klassik heff ik op mien Zettel,
man wat geiht över Jazz un Blues ?
Sun „session“ höllt mi nich bi’t Huus.

Leggt dat Waschbrett twee, dree vör,
dreiht ook all dat Schlagtüüch dör,
dorto gluckst dat Saxophon
sien extraordineeren Ton.
Dat hört sik de Trompet nich lang
ohne eegen Solo an
un de Flögel-Klimpermän
wassen Flögel ohne Enn,
seilen hen na Alabama,
New Orleans, Louisiana.

„Hello dolly“, „Mack the knife“,
Satchmo-trumpet, off or live,
“when the saints go marchin ín”
geiht mi jümmers werr deep rin.
Un ik fang all an to jiepern
un an’t ganze Liev to bibbern,
vun de Ohren övern Rüch
dör de Buuk un werr torüch.
Wenn eerst de Posaunen grölen,
kann ik mi op mien Geföhlen
nich mehr ganz un vull verlotten,
mutt ik blots noch hotten, hotten,
op de Deel un danzen,
to Not ook mit Emanzen.
Kaamt de Trummeln bi to rummeln,
geiht dat Schmusen los un Fummeln
un wenn de Jazz-Synkopen
all anfangen to lopen,
denn kann ik mi nich holen,
denn dampen Kopp un Sohlen,

Man is de Jazz toenn - fini,
denn weet ik nich wohen mit mi,
denn haal ik mien Trompeten-Tuut
un puust ehr wat mit eegen Snuut.

Fragen

Wo warst DU früh am Morgen,
als noch der Nebel lag
und unter ihm die Sorgen
um diesen dunklen Tag ?

Wo war am hohen Tage
DEIN Trost, DEIN heller Schein ?
In hoffnungsloser Lage
war ich doch ganz allein.

Wo war am Dämmerabend
DEIN trostgewährend Wort ?
Wo konnte ich mich laben
in einem sichern Hort ?

Vergib mir meine Fragen.
DU hast mich sanft und sacht
durch jeden Tag getragen,
so auch durch diese Nacht.

Woller - keen Thema

De See liggt lang un liesen,
roht ohn een Luut in sik.
Keen Lufttoch un keen Briesen,
sülverplattenfierlich.

Markst nich veel, man dat treckt op,
vun wiet her bruut dat dump.
De See se krault sik an de Kopp,
ehr Sülverglanz ward stump.

De Möw de drifft dat hen na't Land,
de Wind levt nu wat op.
Dat Water kippelt all an'n Rand,
de Wulken trekkt tohoop.

Nu gähnt de See un räkelt sik,
sett spitze Wimpel ut.
De Windsbruut töövt all, häkelt gliek
een wittet Hemd dorut.

Dat Water rullt nu tämlich dull,
ut Wellen warrn nu Breker.
Wo jüst noch jedeen baden wull,
is keen Minsch sik mehr seeker..

De Floot baggert de Sandbank ut
un klaut sik Stück för Stück,
de Strömung spöölt'n Priel dorut,
schlürft allens werr torüch.

De Störm hobelt de Bööme schreeg,
messtiets vun Nordwest,
raspelt baben de Spitzen weg,
fegt eenfach rut de Rest.

De Heven türmt Gebirge op,
ut Wulken grau in grau
De eerste Flaag neit op de Kopp,
allens ward schietig - blau.

Blitze söken sik 'n Dack,
am leevsten een mit Reit,
schon sitt em baben inne Nack
de „rode Hahn" un kreiht.

De Regen kummt per Kübel
un allens geiht to'n Dübel,
för luder Qualm is nix to sehen,
de Minsch steiht ganz alleen.

Na und ?
Een echte Fries kiekt sik dat an,
seggt blots ganz sinnig „Mann-o-Mann"
or „dat is uns all leeger gahn,
Hauptsaak is, de Warft bleev stahn !"

„Meta“, de Methan-Gas-Koh

„Meta“ - so heet manche Koh -
harmlos un maneerlich,
is nu een Umweltrisiko,
de Grund is bet jeneerlich.
Keen Koh will nu mehr „Meta“ heten,
sietdem de Lüüd dat weten:
Lachgas kummt ut Darm un Snuut
mi de Naam „Methan“ herut.
Nu schrifft sik Meta mit „th“
un an't Achterenn
bummelt as Chemie-Blah-Blah
noch'n lüttjet „n“.

Lachen too veel Keuh togliek,
stiggt dat Water achtern Diek.
Dat Polar-Ies smöllt to Water
un löppt na uns 'n lütt bet later.
Dormit keen Hochfloot uns bedroht,
hett Meta nu een Lachverbot.

Man dat is blots de eene Siet,
de anner positiv utsüht:
Wo bi de Keuh de Steerten hangen,
wött se nu Methan opfangen.
Un jedeen lüttje Gasgepüster
ward sammelt in Methankanister.
De „Bio-Tankstell Koh“ gifft Gas
un allens ut de Rohstoff Gras.

Jede Koh ward Gasometer,
belevert Husum un Sankt Peter.

GAZPROM ward sik noch umkieken,
wat wi hier achter unse Dieken
na Översee noch exporteren,
Gerhard Schröder much so geern,
an leevsten mit Kontor in Garrn,
„Methan-Gas-Koh-Direktor“ warrn.

Wenn Meta steiht op Fenn or Stall,
verdeent de Buur an jeden Knall.
An't Muul ward ook'n Schlauch anneiht,
damit keen Rülps verloren geiht.
Allens kummt in'n Tank op Hof,
geele Schlauch - Kohlenwaterstoff.
De Melkschlauch is nu immer swart,
dormit jo nix verwesselt ward.
Wat nu noch stören deit an't Tier,
maakt de Gen-Techniker noch schier.
Bet dor hen gifft blots groote Bohnen,
denn deit sik dat mit Gas mehr lohnen.

Af nu fraagt keener mehr de Koh
na ehre Melkleistung un so
un ook nich na Prozente Fett,
blots, welke Wind - Frequenz se hett.
Ünner 100 mol pro Stünn
bringt dat noch nich recht Gewinn.
Je öfters dat dor achtern weiht,
je höger de Profit gedeiht.
Windkraft ohne Spargelwald,
dat's de Lösung - hier un bald !

Nu will werr jeder Meta heten,
ook de lüttjen Gören.
Een ludet Wett- un Windelscheten
is all överall to hören.

Ein Blatt

Ein Blatt vom Baume oben
es fiel mir durch die Hand
ich hab es aufgehoben
in einem alten Band
zwischen zwei leeren Blätten
im Buch der Phantasie
aus Blättern wurden Lettern
aus Lettern Poesie.

Das Blatt ist längst vergangen
entstanden ein Gedicht
wie alles angefangen ?
Ich weiß es, weiß es nicht.

An'n 8. Dag weer Plattdüütsch dran

Gottvadder harr an'n 8. Dag
sien Schöpfung ünner Dack und Fach
man as HE do dat Hoogdüütsch hört,
wat se so anne Küst parleert,
dor sä HE to sik: Gott, weet's wat?
To disse Lüüd passt beter Platt.
Hoogdüütsch löppt hier twas verkehrt,
dat's mehr för'n Tung as'n Lämmersteert.
För hier, de Nordseeküst entlang
ward wat bruukt mit'n anner Klang.
Een hele nie Spraak mutt her,
een as dat Ruuschen vun dat Meer.
Een Spraak, de platt is as dat Land
un smiedig as de Afbruchkant,
na Naverschop- un Klöönsnack-Oort,
een vun de kommodig Sort,
mit Takt un liekers veel Geföhl,
de löppt as Flögel vun de Möhl,
vun Hart to Tung, vun Minsch to Minsch
egol op fründlich oder füünsch.
Sun Art Snack stell ik mi vör,
paar Bispille späál ik mal dör:
Statt „herzzerreißend-wundervoll"
heet op Platt nu eenfach „dull"
Statt „grüezi miteinand-Grüß Gott"
geiht dat Grööten hier ook kott,
statt Tiet verasen un vergeuden,
morgens bet avends eenfach „moin".
Statt „oh wie schrecklich, dieser Schauer!"
passt hier beter – „haua – haua!"
Noch korter geiht mit „haua – ha"
un leever Muul hoolen as „bla – bla"
Snackt een länger as dree Wöört,
denn is wohrhaftig wat passeert:
Villicht is denn de Swien-Pries fullen
oder de vun fette Bullen.

Poor Daag later nehm UNS HERR
sik nochmol dat Plattdüütsch vör
un sä bi't Hören vun veele Tungen:
„Dat Platt is beter mi gelungen
as de Hoogdüütsch – Sabbelie!"
un geev sodennis Plattdüütsch frie.

Inhalt

Autor

Dieter Staacken
Tönninger Straße 43
25836 Garding
Tel.: 04862-102501

Vita

Geboren in Oldenswort, Eiderstedt
aufgewachsen in Garding
Abitur auf der Hermann-Tast-Schule Husum
Studium der Bildenden Künste, Kunstgeschichte
Leibesübungen, Paläographie
Werkkunstschule Hannover
Hochschule für Bildende Künste Hamburg
Universitäten Hamburg und München
Kunsterzieher und Fachseminarleiter
am Staatl. Studienseminar der
Freien und Hansestadt Hamburg

Veröffentlichungen

in div. Kunstbüchern, Journalen
Schul- und Lesebüchern, Kalendern
Lyrik-Anthologie, Lehrplanhandreichungen
Fernseh-Märchenfilm „Die Bäumlinge"
Bücher: „Eiderstedt - du himmelweiter Unterschied", 2002
„Die Bäumlinge" (Bilderbuch) 2008

Einzelausstellungen u. a.

im Schloss Gottorf, Schleswig
Kunstkabinett Gerbers, Itzehoe
Galerie Altschwager, Hamburg
Haus der Begegnung, Hamburg
Nissenhaus, Husum
Schloss vor Husum
Domcafé Meldorf
Museum der Landschaft Eiderstedt, St. Peter-Ording
Sommerkirche Welt
Altes Rathaus/Stallerhaus, Garding

sowie Beteiligung an zahlreichen Gruppenausstellungen, u.a.

im Kunsthaus Hamburg · Patriotische Gesellschaft, Hamburg · Altonaer Museum, Hamburg · Spiekerhuus, Hamburg · Hochschule für Bild. Künste Hamburg · ART-Galerie, Friedrichstadt · Fachhochschule Westküste, Heide